Es geht ums Geldverdienen, Menschen und Zwischenmenschen, Fraktionen und Generationen, Popfun und Bettgeschichten oder auch um neue Ehepaare. Kathrin Röggla erzählt von den Schieflagen in einer sich stark verändernden Gesellschaft. Sie erkundet eine Stadt, die man zu einem Laboratorium erklärt hat und von deren Zentrifugalkraft viele an den Rand gedrängt werden. Souverän und voller sprachlicher Artistik lotet sie die Widersprüche und neuen Phantasmen aus, die das Klima in der neuen Hauptstadt täglich beeinflussen. Eine rasante Ortsbesichtigung der Gegenwart – nicht nur in und um Berlin.

Kathrin Röggla, geboren 1971 in Salzburg, lebt in Berlin. Sie debütierte 1995 mit dem Erzählungsband ›Niemand lacht rückwärts‹. 1997 erschien ›Abrauschen‹, ihr erster Roman (Fischer Taschenbuch Bd. 15041). Im Dezember 2001 veröffentlichte sie ›really ground zero‹ (Fischer Taschenbuch Bd. 15646). Kathrin Röggla wurde zuletzt mit dem Sacher-Masoch-Preis und dem Italo-Svevo-Preis ausgezeichnet.

Unsere Adresse im Internet: www.fischer-tb.de

Kathrin Röggla

Irres Wetter

Fischer Taschenbuch Verlag

Die Arbeit an diesem Buch wurde vom Deutschen Literaturfonds e. V. und vom Berliner Senat gefördert.

Veröffentlicht im Fischer Taschenbuch Verlag,
einem Unternehmen der S. Fischer Verlag GmbH,
Frankfurt am Main, März 2002

Lizenzausgabe mit freundlicher Genehmigung des
Residenz Verlags, Salzburg und Wien

Druck und Bindung: Clausen & Bosse, Leck
Printed in Germany
ISBN 3-596-15131-7

eurofitneß beweisen und extra zur love-parade anreisen, das kann ja nur einem ostler einfallen, d. h. mehreren ostlern zusammen, doch das ist nicht wahr, denn wir sind keine ostler, wir sind österreicher und der love-parade dicht auf der spur. doch wie finden unter all den menschen, wie finden, wenn es nicht nach draußen geht in dieser s-bahn, in diesem verkehrsmittel, wie man nur noch zum spaß sagt, weil sie nicht mehr anhält, weil es massen an menschen unmöglich machen, die station zu benutzen, weil die ganze welt auf füßen ist, alkoholfüßen, wie sich hier drinnen herausstellt, denn der feuchte geruch setzt sich aus dreierlei zusammen: alkohol, schweiß und regenwasser.
doch eurofitneß beweisen und extra zur love-parade anreisen, das kann ja nur ostlern einfallen, ungarn zum beispiel, setzt er hinzu, und ich verstehe, wir sind nicht gemeint. ganz große klasse der typ, so sehen wir uns an, die gruppe neben uns reagiert aber nicht, sie unterhält sich weiter: man hat nichts verstanden, man hat nichts gehört. „das sind keine ungarn", sagt plötzlich pieter, „but we are." der typ glotzt uns einen augenblick an, meint dann: „quatsch." – und: „ach, und wie lange wollt ihr bleiben?" doch wir antworten ihm nicht.

und wie lange wollt ihr bleiben? hat der uns eben gefragt, und wir antworten noch immer nicht, wir starren ihn bloß an, er aber hält das für mangelnde sprachkenntnis, und das gibt ihm den rest: wir sind wirklich ungarn, scheint ihm klar zu werden, warum auch nicht, habe auch ich mir inzwischen gesagt, nichts leichter als das. schlägt zwar pieters akzent durch, der schleicht sich nicht nach innen, nein, der kommt voll raus, der typ aber merkt rein gar nichts – die sind wirklich von da unten, beginnt er zu verstehen, und das beschäftigt ihn jetzt sehr: wir hätten den investmentjunkie am laufen, erfahren wir, das sei nicht so wie hier, man brauche im grunde nur rüber nach polen fahren, um gleich zu sehen: das ist nicht die ex-ddr – und dem kann man nur zustimmen, diese bemerkung ist ja ein wahrer brüller geworden in letzter zeit.

wir sind also ungarn, ist er nun überzeugt und benimmt sich gleich so: ich zeige euch den weg. sagt er glatt beim aussteigen zu pieter. er zeigt uns also den weg, und zunächst denkt man sich nichts dabei, im gegenteil, das ist ja ganz wunderbar, sage auch ich mir, kaum ist man angekommen, führt uns schon einer durch den ganzen lärm: trillerpfeifen, autohupen, schreie und gekreisch.

der *zoo* ist ein schlachtfeld, erklärt er auch schon die lage, begleitet von da-ist-ja-die-hölle-los-rufen, doch ich sehe keine hölle, ich sehe nur menschen, als wäre nichts – menschen in bewegung, menschen in freizeitkleidung schon am bahnsteig liegen oder die treppe hinunter stehen, eben menschen mitten im spaß. da hilft nur noch eines, broken english: please, excuse me, das ist das einzige, was hier noch greift.

im osten redet man ja praktisch nur noch englisch, da fängt niemand etwas anderes an – das ist unsere muttersprache, haben wir aber nicht behauptet, das sprechen wir so in ungarn auch nicht, und doch fühlt er sich irgendwie von uns verarscht. da täuschten wir uns gewaltig, wenn wir dächten, wir könnten ihm was vormachen, da sollten wir bloß aufpassen, sagt er und lacht:

„ich führe euch zur *siegessäule*!"

„na, *siegessäule*, that's where the party is", wird er schon lauter, und wir erheben keinen einspruch. denn so zum spaß erhebt man schnell mal keinen einspruch, man sagt sich, was für ein joke, ach, wie witzig, sagt man sich, er aber sagt sich: „ich meine, euer englisch hört sich gar nicht gut an." – „macht nichts", kontert pieter, „hauptsache, es funktioniert." und wir denken, auweia, jetzt hat er das falsche gesagt – typisch, wird dem folgen, so seid ihr, immer bloß gucken, daß man durchkommt, doch ist er ruhig geblieben in seinen kurzen hosen, in seinen tennissocken und seinem suburbanen hemd. schwenkt nur seine plastiktüte in der hand, schwenkt sie hin und her, darin riecht es sicher schon angebrannt.

jetzt aber gilt es, schleunigst auf tiergartenlevel zu kommen, sehen wir den ganzen leuten rings um uns an, auf tiergartenlevel kommen, nichts leichter als das: sich so ein bißchen hochputschen mit einem bier oder zweien, so er, der mit sicherheit schon die eine oder andere margharita in kauf hat nehmen müssen auf seinem weg raus aus neukölln ... tempelhof, wie sich herausstellt, wer hätte das gedacht. tempelhof, wiederholt er nochmal: „I live in tempelhof. you know it?" ich nicke nicht.
versuchen wir auf tiergartenlevel zu kommen, doch schaffen wir es nicht mehr, denn er ist schon gewaltig abgesackt. wie erwartet wird nämlich die love-parade gerade zur ex-love-parade, als wir in die nähe des *gro-*

ßen sterns kommen, stehen die leute nur noch da und starren wie benommen richtung *siegessäule*, als ob dort was geschähe, doch geschieht da nichts mehr, nur noch am rand werden melonen verkauft:

„ja, kaufmännisches talent, das brauchte man allemal."

reagieren wir nun darauf wirklich nicht, sehen wir wirklich so betreten aus, habe ich tatsächlich so eine frage gestellt: „the party, it's over?" – er greift sich jedenfalls an den kopf: mensch, wie kann man nur so eine frage stellen, man braucht doch bloß auf die uhr zu gucken – aber alles, was ich sehe, ist: menschen im unbunten mix, alles, was ich sehe, ist: grenzen verlaufen ja genügend, aber eine uhrzeit gibt es nicht.
come together, so heißt doch nur noch ein t-shirt, nimmt man heute sehr schnell an, doch das ist nicht wahr, denn im ausland schließt man sich zusammen, im ausland spricht man sich noch an. aber auch das hat seine grenzen, auch da schlägt man an mauern und in pieters gesicht, denn wer ist schuld an unserer verspätung, wenn nicht ich, wer mußte noch ausgiebig frühstücken: du! so sieht er mich an.
– what's happening now? fragt nun auch anna beim zurückgehen in den park, dabei weiß sie es genau: uns trennen welten, das ist, was hier jetzt noch geschieht.

– seht sie euch an, beginnt der typ jetzt wieder von neuem, look at them!
– what, so anna praktisch schon auf deutsch, doch er hört sie nicht, redet allein auf pieter ein: über die im park befindlichen menschen und wie leicht man denen das geld aus der tasche ziehen kann mit all diesem kram: sektflaschen, t-shirts, trillerpfeifen, wasserpistolen –

recht hat er, rund um uns gruppen von menschen, die ansonsten aufsicht feiern, lassen heute gewaltig aus, lassen heute gewaltig die hosen runter, gehen dabei immer von vorne los. denn come together heißt heute nicht nur ein t-shirt, come together ist heute nicht mehr abgebrannt, das verstehen die schon richtig, das erkennen die nun wirklich an: „ja, marktsegemente, die sich aufeinander zubewegen, die haben was in der hand."
– das wüßten wir, meint jetzt pieter, wir hätten uns auch schon was überlegt, sagt er zu unserem neuen freund.
– ach was? so wir alle, und pieter antwortet: yessss.

nur so zum spaß sagen wir nicht nein, so zum spaß erhebt man keinen einspruch, so geschehen die meisten dinge auf dieser welt, doch, ahne ich, sind erstmal die sprachgrenzen überschritten, kommen gleich die körpergrenzen dran: „und was wollt ihr machen? etwa palatschinken verkaufen, muuuszzike machen?" lacht er, starrt uns weiter an: so investmenthaie seien wir wohl nicht, wir seien wohl mehr auf cultural exchange aus, nicht? „cultural exchange!" brüllt er mich plötzlich an.
ja, cultural exchange sei alles, was wir könnten.
ja, investmenthaie seien wir nun wirklich nicht.

anna gähnt. sie ist nicht mehr recht bei der sache, sie kann sich wohl nicht mehr konzentrieren, jetzt flüstert sie mir schon wieder was zu, packt sie mir gegenüber aus: was gestern abend geschah und wohin das noch führen wird, wollte sie mir eben noch verraten und kann es jetzt so ganz vergessen, denn wir nähern uns der *infobox* – das ist die *infobox*, sagt er auch schon, da kann man raufgehen und zahlen sehen, da kann man raufgehen und überblick haben. wir nähern uns der *infobox* und würden ihn wirklich gerne loswerden, husch husch, zurück ins körbchen, würden wir jetzt gerne zu ihm sagen, doch das geht ja nicht. ich meine, einfach sagen, man hätte eine verabredung, das ist keine echte option. ich meine, einfach abbröckeln, das ist es viel eher schon.

wir wollten jetzt wirklich wohin, wo etwas los sei, verabschieden wir uns, doch auf diesem ohr hört er nicht: „eben", redet er stattdessen weiter, so könne man nämlich kein geld verdienen, „jedenfalls nicht so, wie ihr das macht." sagt er und schwenkt den beutel, der macht einen ganz irre, dieser plastikbeutel macht einen ganz krank, doch noch lachen wir so komisch, erzählen ihm, wir verdienten schon unser geld. „we make our money!" da könne er sicher sein, jetzt aber wollten wir wirklich dahin, wo was los sei, ja, „wo etwas los ist!" so pieter, und laut und deutlich: „where the party is!" ich.

„ware sein, heißt auf den verkauf warten, heißt also auch ausgestellt sein, mindestens exemplarisch." so hat er es womöglich gelesen, und so sehen wir in seinen augen wohl auch aus, er denkt, man kann uns kaufen, er denkt, wir sind so geradeaus: „ja, auf den verkauf warten, und zwar schleunigst!" habe auch ich im fernsehen gesehen: herrschaft der sachzwänge, die nimmt er sich aber hier sauber heraus.

und dachte ich mir noch eben, jetzt bietet er uns sicher nen deal an, jetzt macht er uns irgendein angebot, das man nicht ausschlagen kann, jetzt kommen die wetten dran, die schlauen geschäfte, so weiß ich plötzlich: der spricht rein gar nichts an. sehe uns schon auf ewig in seinen speicherwitzen hocken, tagelang: zuhören, wie seine tennissocken klingen, zuhören, wie sein tempelhofer hemd in der hose steht. zuhören, wie sein plastiksack in der luft sich bewegt, hin und her, zuhören, wie er „so kommt ihr keinen schritt weiter" sagt – schlechte unendlichkeit, denke ich mir plötzlich und bekomme einen schreck: es muß was geschehen.

„wo ist die musik?" fragt nun pieter, da fällt es mir plötzlich auf: es herrscht eine seltsame stille im tiergarten, sieht man vom menschenlärm ab. da ist keine musik, ich meine gar keine – mensch, ist doch loveparade, muß doch musik drin sein, wo musik draufsteht, doch nein: da sind nur melonenschalen, dosen, plastik und papierfetzen, die allesamt höhenmeter erfinden, wo keine mehr sind. wir stehen mitten zwischen den bäumen, zwischen den lärmenden menschen, doch keine bässe, kein rhythmus, nichts von alledem. – das ist der entscheidende moment, denke ich plötzlich, der richtige moment, dachte ich eben noch, und habe ihm schon die plastiktüte aus der hand gerissen, laufe jetzt fort.

und so laufe ich und laufe, ich laufe, und keiner hält mich hier zurück. ja, nicht aufhören, sich zu bewegen, sonst wird man beton, nicht aufhören, sich zu bewegen gehört heute zum guten umgangston. und so laufe ich und laufe, und während ich laufe, fällt es mir endlich auf: ich laufe und laufe nicht rückwärts, doch fühlt es sich gerade so an.

die anderen erzählen später, er habe mir nur nachgestarrt und „is nicht wahr." gesagt, „is nicht wahr", hat er gesagt und sich umgedreht, und dann, als sei nichts geschehen, habe er tschüss zu den anderen gesagt, tschüss, habe er gesagt, während ich ca. einen halben kilometer weiter endlich den beutel aufmachte, um hineinzusehen. die anderen erzählen später, ich hätte nicht so ein ding daraus machen sollen, außerdem hätte ich ruhig mal bescheid geben können, man hätte ja schon weiß gott was vermutet. die beute außerdem, sagen sie, die beute müsse man doch teilen, lachen sie, „wir sind doch piraten!" – und recht haben sie –, rein gar nichts aber sieht man solchen sachen an, da ist ein schulterschluß mit der realität im gang. doch die dinge selbst sind ja undicht, sie alle haben einen übertragenen sinn, und so weiß ich: die welt als taubenschlag von angebot und nachfrage befindet sich in wirklichkeit darin.

eine reihe von ausflügen

brandenburg: einfallswinkel ist gleich ausfallswinkel, sagt man sich normalerweise und fährt los. einfallswinkel ist gleich ausfallswinkel, das hat was mit dem richtigen promillegehalt zu tun, mit dem richtigen auto und der richtigen zusammensetzung an personen.

„alles beisammen? na, dann kanns ja losgehen“, sagt man sich normalerweise, nur ich sitze schon mitten drin. da kann man einfach nichts machen, selbst wenn ich jemanden wie susanne vom bahnhof abhole, tauchen sie gleich wieder auf, diese luckenwalder informationsbüschel: da wie dort autokennzeichen, mehr gibt die stadt nicht her, „aber wat willste machen“: pampa in stegreif und zwischendrin die paar häuser, eine neue siedlung, sie strahlt, eine raumstation mitten im zentrum: wer da wohl einzug hält? – keine ahnung. jedenfalls massive verlustängste haben sie hier, denn ein stück weiter südlich heißt es schon: elbe – elster oder teltow – fläming! und das ist ihre ganze warnung, das hier ist die demarkationslinie, von nun an heißt es: aufpassen, autofahrer, jetzt wirds eng, denn feindliche übernahmen auf brandenburgisch werden rein fahrtechnisch abgewickelt.

doch schon wieder weite felder, sand und kiefer, noch ein dorf, der typische ortskern, echt walisischen ursprungs, kann man nicht gerade sagen, aber es hat was davon. der löschteich, die kirche, das straßendorf – die märkische zeitung: „noch lebt die region von krankenkassen, zumindest die neun taxiunternehmen der stadt

jüterbog tun das, die die alten leute zur dialyse nach potsdam oder sonstwie zum arzt bringen, bald aber will man auf tourismus setzen, auf naherholungsgebiet."
– glaubste ja selber nicht. – ja, ja: unter der baumgrenze sind wir allemal, so in marginalfassung, kein hochgebirge in sicht, mehr so ein auseinandergebirge, doch das ist das anorakkind, das steigt aufs fahrrad und fährt wieder die nächste runde ums dorf. schiebt wache, falls was passiert.

weitab vom theatertreffen in berlin der schöne brandenburger mai. rein gotisch hat man sich das vorgestellt und findet jetzt nur romanische und neoromanische reste. und in berlin das theatertreffen „with german subtitles", erzählt susanne, doch auf englische verhältnisse machen, „das kannste hier vergessen." auf englische verhältnisse machen, das wäre es, sagen sie ja ständig im radio, die könnten schon was, die briten, „die haben was mit der realität zu tun." und wir, wir hocken bloß da in dieser pampa in stegreif, da hat einer wieder seinen privatosten aufgemacht, aber so einen für künstler, so zum reinschneien, so für ein paar tage, hat es geheißen: „am freitag ist die vernissage in luckenwalde, bleib doch für ein paar tage", hat man sicher auch ihr gesagt. – und wie lange bist du schon da? – tja, wenn man das wohl wüßte!

wie kommt man in diese landschaft rein, habe ich mich jedenfalls nicht lange fragen müssen, man tritt am besten erst gar nicht zwischen die zahlreichen fontanefußstapfen, die die gegend hier hergeben soll, sondern fällt gleich in eins dieser löcher des kriegsversehrten bodens, fällt durch, um auf der anderen seite des mondes rauszukommen, dreht sich um und sagt: „hallo ralf!"

wie auswendiggelernt stand er vor mir da, glotzte mich erstaunt an. „mußt wohl erst nachdenken, wer ich bin!" – „mensch, so früh hätte ich dich gar nicht erwartet."
ja, ralf im scheunenatelier, der hat nicht aufgegeben mit seinem blick, ist auch heute zu sehen, ist wieder mal zu sehen, die krasse realität, die er so übrig für uns hat. „englische farbigkeit", habe ein galerist prompt zu ihm gesagt – „englische farbigkeit!" prustet susanne los, „na, dann biste ja ein gemachter mann."

– –

hat einer seinen privatosten aufgemacht, so ca. zwanzig kilometer südlich von luckenwalde bei jüterbog, und so ein privatosten, das ist zunächst mal ein alter hof, das sind sie, diese scheunen-ateliers in adidas, und hier setzen sie auch schon ihren elektronischen minimalismus um in kunst: georg malt autos aus fleisch, ralf seine häuschentristesse, beide sagen: „du hast keine ahnung!" zu mir. so haben sie es ja immer schon gemacht: „jetzt sag mal was ernstes dazu, los", wird zuerst gefragt, „sei mal ernsthaft und sag, was du denkst!" – das hats alles schon gegeben, hätte ich aber niemals gesagt, pfadfinderbilder, an einer schnur aufgereihte pfadfinderbilder, die knallen nicht, nein, sowas sage ich nicht, doch sie schimpfen auch jetzt gleich los: „was ist das für ein kriterium, was hat man nicht schon alles gesehen, überhaupt: sieh einmal ordentlich hin."
– und die gegend hier, lenkt susanne jetzt ab, wie haltet ihr die aus? das dorf? habt ihr kontakt? – wie? – na, ob wir kontakt hätten! – naja, erwachsene haben wir noch nicht wirklich gesehen, bloß die kinder

streunen hier so rum. – so'n quatsch! – na, stimmt doch, zu alt zum aufwachsen ist man hier eben von anfang an.

ja hat man es den kindern hier etwa nicht oft genug gesagt? ihr müßt so ein mischverhältnis eingehen von oben und unten, dann wird sich schon ein weg finden, doch selbst das kriegen sie nicht hin, können wir uns am nachmittag erneut überzeugen, sie stehen nur da in ihren pinkfarbenen pullovern mitten auf der straße, starren alle fremden an, die vorbeikommen. „müßt einwachsen in ein büschel information", versucht man es nochmal, erklärt man ihnen sicher auch auf der schule den ganzen tag nichts anderes, doch gras, wie es leibt und lebt, das kindergärtnerin werden will oder kaufmännischer angestellter, eben handwerk mit goldenem boden. doch bis nach potsdam muß man dann schon gehen, so zur berufsausübung, und dort arbeitet man dann nie im „eigenen bereich". so erzählt jedenfalls die frau, die die kirche aufgesperrt hat, nein, eine küsterin sei sie nicht. „sowat hammwa hier nich." eine gärtnerei betreibe sie, aber nicht mehr lange, fügt sie hinzu, „rechnet sich nicht."

im grunde aber reden alle übers lager, es ist der ort, den man hier betreten, ja, der ort, den man erst suchen muß, da er versteckt im wald liegt, bewacht, wie es heißt. doch wir finden ihn ohnehin nicht, fahren wohl an den schnurgeraden waldwegen immer nur vorbei, wenn man georgs angaben glauben schenken will. stattdessen tauchen sie schon wieder auf, diese wohnwagen am waldrand, stehen plötzlich vor einem da, als wäre nichts gewesen.

ja, immer diese wohnwagensiedlungen hier am land, als würden alle ein wenig weiterziehen und nicht etwa stehenbleiben. ein nomadenleben führen mitten durch den osten. mit sportflugplätzen und wohnwagensiedlungen, mobiler gehts wohl nicht. und mitten in dem gelände dann schwarze hunde, weiße hunde, die den stellvertreterkrieg bestreiten. noch sitzen sie und wittern, halten ihre nasen in den wind. aufrechte wesen sinds, doch alle augenblicke kann das bild zusammenbrechen, also fährt man lieber schnell wieder vorbei an den hochständen, vorbei an dem eurowäldchen, das zaghaft großgezogen wird, das bißchen mischholz, das die gegend hergibt. ansonsten ist hier ja bloß das ganze ddr-urgestein an wald zu sehen: kiefer, kiefer, nichts als kiefer, bäume wie telefondrähte, ein wenig umgeknickt, funktionieren nicht. der sei ganz billig zu haben, meint ralf jetzt zu mir, „falls du wald brauchst, na, brauchst du wald?“ ruft er, „na, gibts da'n bedarf!“

– –

abends in der kneipe taucht auch die mittvierzigerin auf, die man tagsüber schon am hof gesehen hat und über die ralf sagt, die habe er langsam satt. sie sei eine freundin des eigentümers, eine dresdener künstlerin, aber er kenne sie nicht. sie setzt sich zu uns und kommt auch gleich aufs lager zu sprechen, sie sagt, „so was soll man schon mal gesehen haben“, ehemaliges militärisches sperrgebiet, das sei doch interessant.
– ja, das russenlager, hören wir auch vom wirt: ursprünglich wurde es von der nva gebaut, dann den russen übergeben. und so gibt es noch ehemalige mit den plänen im kopf, einmal im jahr kommen sie hierher, sich treffen – klassentreffen! –, um erfahrungen auszu-

tauschen. erfahren wir. das also ist die sorte vertrauensvorschuß, die man hier von den leuten erhalten kann.
die mittvierzigerin spricht aber schon weiter über jene bizarre unsicherheit, die einen ereile, betrete man das verbotene gelände, überwinde man zunächst einen stacheldraht, steige man durch all die kaputten abwehranlagen durch und komme zu einem verwachsenen gehweg. „besser aber ist es, von der anderen seite reinzukommen, dort, wo der offizielle lagereingang war." aber allein würde sie da nicht hingehen, sagt sie und trinkt dann ihr bier aus.

am nächsten morgen finden wir ihn auch schon, den weg vorbei an den baracken aus dem jahr '87, so zumindest kann man da lesen, doch sie sehen aus, wie seit jahrhunderten verlassen. – „die natur ist hier eben schnell." – „immer auf der überholspur, wa!" sehen wir zwischen den gebäuden zwei rehe vorbeischießen, dann ist es wieder still. ja, das gelände ist schon weitgehend mit kiefern bewachsen, sie sind sogar durch die betonplatten durchgebrochen, man sieht sie selbst dort, wo die legendären ss-20-raketen verstaut gewesen sein müssen. das ist zu komisch, „das ist wie in *stalker*", leicht religiöse nachmittagsstimmung also, so zwischen arno schmidt und andrej tarkowskij, nicht abzusehen, in welche richtung das ausschlagen wird, aber bald wird man sich entscheiden müssen.

„ganz sicher gibt es noch strahlungen hier", meint auch schon georg, springt auf einen schutthaufen und schreit: „das ganze gebiet ist ja verseucht!" – haben wir uns also auf *stalker* verlegt, na gut, doch nachahmen, den film, das entfällt, schließlich stößt man hier überall auf

menschliche reste: in der sauna, in der sporthalle – die schule, das casino, küchen und wohnräume. doch selbst die fensterrahmen haben sie rausgerissen, den bodenbelag, alles mitgenommen beim abzug vor ein paar jahren, man stelle sich vor, sogar den pvc-bodenbelag! nur die wandbemalungen konnten sie nicht mitnehmen, ja, die wandbemalungen in der sauna ziehen wohl alle besucher hier an:
nackte frauen und ein nackter mann.

was jetzt? wir glotzen weiter auf den ehemaligen fußballplatz, überwachsen mit busch und kiefer, gräsern. wir glotzen auf die bunker, auf die schilder, die vor „gefahren, die aus grundstücksteilen hervorgehen können“ warnen. auf die erdwälle, das casino. mitten ins gesicht. „hier gibt es sicher noch strahlung!“ wiederholt georg langsam.

am rückweg redet ralf wieder von der mittvierzigerin und wie er sie nicht mehr aushalte. „solche leute wie die haben uns früher die akademieplätze weggenommen.“ – wie? – na, partei! weiß er bescheid. und jetzt habe sie in ihrem adreßbuch stehen: „heute: ich bin nicht benachteiligt!“ er habe das gelesen, das müsse man sich mal vorstellen! so eine selbstlösliche gestalt, sagt er, so eine selbstauslösliche gestalt, die sich sofort in luft auflöse, spreche man sie an. „ja: an der oberfläche bleibt alles in der schwebe, aber kratzt man nur ein wenig daran, dann steht es schon wieder vor einem, das festgebrannte opfer-täter-panorama.“ – ist ja schon gut, war ja nur so eine frage.

– –

am nächsten morgen ist in der scheune noch immer jemand gefragt, der genau hinschauen kann, der sich eine konkrete mehrstellige zahl ausdenken kann, die er dann langsam ausspricht. mir fällt aber immer noch keine ein, und so halten susanne und ich uns lieber noch eine weile hier draußen auf. fahren so ein bißchen rum, sehen uns die landschaft an, wie das hier so üblich ist: drinnen im auto geht es weiter voran mit den 13 anwärterinnen für das amt der blütenkönigin in werder, während draußen die landschaft alle augenblicke neu aufgerollt wird in windparks, tankstellen und sportflughäfen – und auf beiden seiten trinkt man bier, korn und schnaps. apfelkorn. in der auslage des fotogeschäfts in dahme ist dann das ergebnis zu sehen: „menschen wie du und ich" heißt es, doch keiner will es recht glauben.

auch um die ausstellungshalle in luckenwalde fahren kinder rum, es lümmeln jugendliche herein, sehen sich etwas schüchtern um, gehen dann wieder. ansonsten sind nicht viele gekommen, so berliner menschen, andere freunde von ralf oder georg, die wollen sich am nächsten tag auch gleich das lager ansehen – „ach das lager", sage ich, „es ist ein wenig schwer zu finden, aber es lohnt sich schon."
stehen wir also wieder vor immer demselben autounfall und der häuschentristesse (mit garagendachtristesse), sogenanntes frischfleisch in den augen. „melancholie im spätkapitalismus" kann man dem beipacktext entnehmen, jedenfalls ist immer ein dj im bild, so unterfüttert mit musik auch der ganze rahmen hier – wahrscheinlich drückt sich da gerade wieder mal so ein lebensgefühl aus. ist wohl auch nicht das schlechteste, wo doch die meisten gar nicht mehr dran sind an der

wirklichkeit, „sie wollen nichts mehr sehen, springen nur auf davonfahrende züge auf, die sie für ihre wahrnehmung halten, um da und dort auf ihren bildern etwas auszubessern, keine gesten vorhanden, kein wille“, hat ralf gestern zu mir gesagt, und jetzt wiederholt er es ein paar meter weiter – ja, man sehe, sie stellten sich den themen wirklich – survival of the fittest, hat zwar noch keiner gesagt: „was mich nicht umbringt, macht mich nur härter – nach der wende kein telefongespräch mehr geführt“ auch nicht, aber es hat was davon.

„und sie!“ ruft plötzlich georg von drüben und zeigt auf mich, „weiß das alles schon!“ und alle sehen mich an, und ich weiß nicht, warum, ich trage jetzt das geweih: armleuchter! doch sie lachen mich nur aus, haben schon ihre kleine sexuelle phantasie mitten in ihrem eigenen britischen stück. ja, wer hat heute nicht seine fassbindersocken an? doch was für ein pech, da ist doch tatsächlich mein gewaltdarsteller verschwunden. hab ich ihn doch extra eingesperrt, nein, nicht in den bret-easton-ellis-topf gesperrt, nachdem der einarschleef-topf nichts mehr taugte. und schlingensief, castorf zu vergessen waren, nein, in den neuen englischen, wie ich dachte, hauseigenen. doch er ist verschwunden, mein persönlicher gewaltdarsteller ist weg, er hat die kurve gekratzt, und so weiß ich nicht, was ich machen soll, informiere ich georg und lasse ihn stehen.

auch die freundliche mittvierzigerin ist gekommen, die mit dem adreßbuchspruch, und hebt sich gerade ihr kopf darüber, na, sage ich zu ihr, als ich auf sie zugehe und sie das buch zuklappt, „erste notizen zur laufenden ausstellung?“ – auch ich bin handgemalt, müsse man ihr sagen, hat ralf behauptet, und das tue ich jetzt, und sie antwortet glatt: „ja, weißt du, ich kann da nicht recht was anfangen mit.“ das sei ihr zu unsinnlich, sie sehe da nichts, meint sie. eigentlich, wenn man bedenkt –

„ja, kein grund zum überlaufen“, unterbreche ich sie. wir blicken raus durch die großen fenster der halle auf die neue, noch kaum bewohnte siedlung, diese raumstation. „wer wird hier wohl einziehen?“ frage ich ein zweites mal und wieder keine antwort. „ich kenn mich in der gegend hier auch nicht aus. aber wahrscheinlich ist ein neuer betrieb in dieser stadt.“ stimmt, möglich ist ja alles. „was machst du eigentlich so?“ fragt sie mich plötzlich. „ich fotografiere.“ – für die zeitung? – nee. – kunstfotografie? – ich nicke nicht, aber sie meint schon, hm, und: das sei wohl relativ schwierig. ich weiß nicht, was sie meint, will aber darauf nicht eingehen, und so schlage ich ihr vor, zurück zum hof zu fahren, hier würde doch nichts mehr geschehen.

auf der rückfahrt zum hof reden wir zunächst kaum ein wort. da habe ich mir gedacht, sie würde gleich loslegen, daß die beiden sich total asozial verhielten, die ganze zeit deren musik anhätten usw., der hof sei zu klein, man höre es einfach überall, und jetzt sagt sie nichts. draußen die nachtschwarze allee, die notorischen bäume, eine knochenarbeit an bäumen, fährt man nachts mit dem auto hier durch, und drinnen die gespannte stille, eine knochenarbeit an stille, fährt man nachts mit ihr herum, und so frage ich sie, an was sie denn arbeite, so momentan. wahrscheinlich werde sie heimfahren, gibt sie bloß zur antwort, hier könne sie doch nichts machen, aber zu hause eben auch nicht recht, setzt sie hinzu, und ich denke mir, jetzt gehts aber los. doch sie fragt mich nur, ob ich denn schöne fotos vom lager machen konnte. sage ich nein, fragt sie, wieso? – „weil ich noch keine vorstellung habe entwickeln können von diesem ort und von dem, was ich von ihm will." – fragt sie auch schon, ob ich denn glaube, man könne das wiedergeben, die stimmung da auf fotos einfangen – antworte ich ihr, daß ich diesen anspruch nicht hätte. das übliche eben: fotos seien auch fiktion.

und plötzlich habe ich sie wohl gefragt. und sagt sie glatt ja.

sagt die glatt ja, als ich sie wegen ihrer parteizugehörigkeit gefragt habe, werde ich später den andern erzählen, jetzt aber antworte ich bloß auf ihre gegenfrage: „nur so." dann folgt eine ganze weile lang nichts, nur, ob ich später noch in die dorfkneipe gehen würde. und dann fragt sie mich noch, ob ich die beiden gut kenne.

– –

so unter dem motto: man spielt ja nicht ständig den beleidigten, manchmal müsse es auch was anderes sein, gehe ich später noch in die kneipe, wo ralf und georg hinwollten, wenn sie in luckenwalde fertig sein würden. und man spielt ja wirklich nicht ständig den beleidigten, sagen sich dort alle, manchmal kübelt man schon vorher drauflos, und tödlich beleidigt ist man ja auch nicht gerade gewesen, hört man, wenn man drauflosgekübelt hat, nur um dann im ärgsten rausch zu vermelden: „ist eh nichts gewesen, was war denn los?"

„mensch, wo bist du denn abgeblieben?“ fragt aber vorerst susanne, „auf einmal warste weg!“ – „ja, wo es noch so spannend wurde“, meint auch georg und grinst. ich will von meiner fahrt mit der mittvierzigerin berichten, doch ralf, der tekknomaler, tippt immer noch auf unbescheidenheit, was die betrifft, und georg ist schon wieder voll aus dem häuschen wegen seiner freunde aus berlin, die mittlerweile auch am tisch sitzen und viel erzählen. susanne gähnt. ansonsten sehen wir zu, wie man im dorfkneipenraum den „kreis“ spielt: in gruppen legen sie kuemmerlingfläschchen so nebeneinander auf den tisch, daß sich ein kreis bildet, ca. fünfzig stück braucht es dazu, erkennen wir bald am nebentisch. das problem dabei ist nur, daß man sie vorher auch trinken muß. – hast du eine ahnung, wieviel ich vertrage, sagt dazu praktisch jedes gesicht, und auch meines macht mit. nun beobachtet man uns wiederum vom nachbartisch, ein junger bursche, zwei ältere, eine frau sitzen da und lassen es offensichtlich werden: hier ist also der ort, wo viel über wolfsmänner nachgedacht wird, „die so hereindämmern“. die sind jetzt wohl auch zu sehen, direkt an unserem tisch.
„das muß man schon mal gesehen haben“, findet da nämlich wieder statt, „wenn ihr wollt“, schlage ich gerade vor, „zeige ich es euch“. die berliner gucken mich erstaunt an, kapieren es nicht gleich – „na, häuslich einrichten will ich mich da nicht!“ gebe ich deswegen bekannt.

plötzlich waren sie mir eingefallen, diese geschichten, es gibt eben eine menge an berichten über leute, die zunächst wie bleibende sind, aber bald schon einsilbig werden und dann – es gibt eine menge dieser geschichten, und jetzt fallen sie mir eine nach der anderen ein, da bemühe ich mich vergeblich um themenwechsel bis kurz nach zwei. „du bist wohl völlig bescheuert!" schreit dann nämlich ralf, „koma läuft, oder was!" – schreie ich zurück: er habe ja keine ahnung, er habe ja keine augen im kopf! – was das damit zu tun habe, daß ich jetzt mitten in der nacht voll *zu* mit dem auto wegfahren wolle? ob ich nicht gleich so mit dem kopf gegen nen baum rennen könne? – sage ich „ja, aber bitte sehr!" und schwanke auf einen baum zu, umarme den so halbwegs. lasse ihn erst nach einer weile los, und als ich mich umdrehe, ist ralf weg, georg weg, susanne und die berliner sowieso schon lange weg, nur das bier kostet immer noch eine mark achtzig in der kneipe, der schnaps zwei.

– –

hatte ich wirklich vorgehabt, mitten in der nacht loszufahren? wahrscheinlich hatte ich bloß keine lust gehabt, mit diesen leuten im zimmer zu schlafen, jedenfalls habe ich im auto übernachtet, jedenfalls wache ich da jetzt wieder auf oder wie man das nennt, wenn man mit so einem gefühl herumfährt und menschen dabei über dies und das auskunft geben soll, mit denen man noch gerade nicht mal in einem raum hat schlafen wollen.

die konfliktlinien lägen eben tiefer, berichten sie gerade über den streit, den es heute morgen zwischen der mittvierzigerin und ralf gegeben habe, die konfliktlinien lägen eben tiefer, das könne man nicht so einfach verstehen, beginnt auch glatt die neben mir zu erläutern, so von außen – ja, sage ich und fädle mühsam ein lächeln ein, da müsse man wieder mal aufgewachsen sein.

doch sie redet schon weiter vom generationskonflikt und daß die gar nicht mehr miteinander reden könnten. von wegen generationskonflikt! sie will wohl austesten, wie schnell ein gespräch veralten kann? kann sie haben, die gute, sage ich: „das ist mir aber neu."

an der wegkreuzung halten wir, und der restalkohol bleibt folgsam in einem drin, als es dann zu fuß das letzte stück ins lager geht. dort angelangt, darf ich sozusagen mein letztmaliges erstaunen wiederholen, während die berliner ein neues zur verfügung haben. die einen stehen hinten und fotografieren, die andern merken sich inzwischen den ort für später, man wird ja was schreiben wollen oder gleich sagen: hier wird geschichte sichtbar, findest du nicht? – ja, da weiß ich schon was, könnte ich dann antworten, doch ich führe sie auch so zu den wandbemalungen in der sauna, und tatsächlich, da sind sie auch schon wieder, diese bemalungen an den saunawänden:
nackte frauen und ein nackter mann.

plötzlich tauchen andere auf, wie nintendo-fliegen übers gelände verstreut. sie sind mit ihren maschinen gekommen, mit denen man sie jetzt die hügel entlangfahren sehen kann, immer wieder mal leicht mit den rädern abrutschend, geraten sie auf sand. wir beobachten sie eine weile, bis sie sich plötzlich zu einer linie formieren, davonfahren und verschwunden sind. viel zu schnell ist gar nichts mehr von ihnen zu hören. „das ist doch eigenartig, wie der wald alle geräusche schluckt." wir lauschen, dann kracht es noch mal, diesmal bin ich es gewesen, habe mich wohl bewegt, das knirscht, denn ich stehe auf einer lage bauschutt: kacheln, fensterglas und holz.

doch da sehe ich sie auch schon wieder auf der anderen seite der lichtung. „mit denen ist nicht zu spaßen“, sagt jemand knapp hinter mir und denkt wohl an einen film – ein jeder denkt hier wahrscheinlich an denselben film: denn das hier ist eine antifasnacht, der antifasching, niemand ist hier verkleidet, sie alle treten auf in echt, hat man sich ja schon im dorf überzeugen können: unterm ninja-gürtel sind wir allemal, und ganz ninja-getuned schon unsere gesichter. und fahren sie auch schon in unsere richtung, doch dann sind sie vor der letzten kuppe plötzlich wieder verschwunden, abgebogen, tun so, als wären wir normal.
– wars das? – weiß nicht? – was jetzt? zurückfahren?

trifft man sich nachher noch wie zufällig in der scheune, doch auch da ist nicht mehr viel zu machen, ralf ist am packen, und georg duzt die minuten, daß sie kämen, ihn abzuholen: „mein kopf!“ nennt er das, „mein kopf!“ in dessen hintergrund laufen wohl „wir fahren jetzt! – ja, machts gut“-geräusche ab, aber schon ganz leise, ganz weit weg.
habe er den wirt getroffen, der habe ihm erzählt, daß sie im dorf berichtet hätten, im lager befänden sich touristen, „wieder einmal“, hätten sie gesagt, und der habe ihnen geantwortet: „ach, das sind sicher nur unsere künstler hier.“ – das ist doch unheimlich, wie schnell das hier die runde macht, kommentiert georg das – ja, wie schnell das alles hier so seine runde macht! schlage ich ein, und er grinst.
die mittvierzigerin sei abgefahren heute, sagt er plötzlich, „wenn das nur mal keine probleme gibt!“ – jedenfalls das haus sei ab morgen praktisch leer, ich könne also hier bleiben, wenn ich wolle, das gehe schon in

ordnung, und alles, was ich brauchte, sei ja vorhanden – ich winke ab und grinse nicht.

als wir abfahren, sind wieder mal nur die kinder zu sehen, die uns nachstarren in ihren pullovern und gesichtern, die fahrräder stehen auch schon bereit. susanne meint, die haben hier nicht viel möglichkeiten, wenn die mal älter werden. – ja, die freizeitgestaltung wird eben immer schwieriger, denn da muß die finanzierung stimmen, doch in die finanzierung lassen sie einen heute nicht mehr so schnell rein. wie da wieder reinkommen, entsteht auch hier drinnen langsam die frage, doch fällt mir im moment dazu nichts ein. und so zeichnet es sich wieder einmal deutlich ab:

brandenburg: einfallswinkel ist gleich ausfallswinkel, sagt man, doch in wirklichkeit ist da nichts zu machen, nur ich falle wohl erneut darauf rein.

wohnungsbesichtigung: „da werden sie kein hackfleisch bei uns finden, was den blick betrifft. hier haben sie die besten aussichten auf den platz, um nicht zu sagen: auf den park, aber der kommt erst, bis jetzt hat sich nur dieses bäumchen eingefunden, das allein dreht die lautstärke des viertels schon beträchtlich herunter, und was es erst an luft produzieren wird, wenn es mal groß ist, sie werden schon sehen, kommt alles noch." denn alles sucht jetzt seinen reißverschluß zum aufkreuzen, alles steckt schon in den startlöchern. kleine modelle stehen hier an allen ecken und enden, veranschaulichungstümpel, damit die leute es endlich kapieren: das ist berlin 2010, 2020 usw., da sieht man es wieder: sie können nicht aufhören zu zählen, sie können es nicht lassen, das geht alles weiter.
schon auf der straße fängt es an. menschen aus fleisch sozusagen, aus eingeweiden, aus 90% wasser, mit haut überzogen, mit luftdichten augen, ängstlich angesammelt unter der haut, ziehen durch, und zu guter letzt bleiben sie stecken – verkehrsknoten, sagt man und meint es nicht ernst, aber dann ist es zu spät. denn gentrification! lautet hier das stichwort, ist die bewegung, die durch *mitte* geht, und think-positive-hardliner geben sich darin die hand.

gentrification! hat man auch in neukölln gerufen und ausschau gehalten nach einem zugpferd für diesen oder jenen ort, doch es ist an uns vorübergetrabt, denn in die dachgeschosse will niemand, in die feinkostläden geht keiner, leer bleiben die versuche mit cafés. so ein

bißchen auf warteschleife ist man hier jedenfalls immer zwischen den softläden, dem handyshop und dem passagekino – „minipizza" steht überall drauf und „zwei maaaaak". aber das hat man sich schnell abgewöhnt, daran zu glauben, man hat sich schnell abgewöhnt, das weite zu suchen, die abgeschiedenheit in feldern, in blumenrabatten schon eher, gartenhaus oder reihenhaus, nein, mietskasernen!
die gleichzeitigkeit der welt findet ja nirgendwo mehr statt, und mal ehrlich, wer ist heute noch nicht durchgeknallt in ein anderes universum, paralleluniversen gibt es hier auch zuhauf, dazu die wahnsinnsmusik – „ey, du, schalte deine wahnsinnsmusik ab!" und da ist er auch schon, der walkman-effekt und sein gegenteil: räume stürzen in menschen rein: isolation. räume stürzen aus menschen heraus: soziales engagement, nennt man das heute, ich nenne es „wohnen im blockinnenbereich". denn kriechströme in den wänden den ganzen tag, das ist zuwenig! remember: *acht stunden sind kein tag*, hieß die fassbinder-serie aus den siebzigern und wird jetzt umbenannt: *acht stunden sind der tag*, der rest geht flöten, geht stempeln, geht geradeaus auf die sechzig zu.

so bringt man hier seine tage rum: kentucky fried chicken in der karl-marx-straße neben woolworth –
so bringt man seine tage rum: wartet auf den amphetaminmenschen vor dem handyshop, geht dann rechts rein in den hof, wartet auf den amphetaminmenschen, den aufgeregten zweitbesitzer deines lebens, den hektischen schnellkochtopf, OHNE DEN NICHTS GEHT! und siehe da, da kommt er auch schon, aber aus dir heraus, mitten durch dich durch und – ohne zu grüßen geht er weiter. in wirklichkeit, so wird gesagt, ist er ein bloßer alki, so einer, den man eigentlich am *böhmischen* platz

antreffen müßte mit den anderen gestalten rundum mit ihren meckerhunden, mit ihren nachtschattengewächsen, die einem plötzlich über den weg laufen können mit dem verteufelten xx-chromosom, das sollte man sich hier nicht holen – in dieser gegend genügt es nämlich nicht, am rande frau zu sein und dabei den tkkg-ausweis mit sich zu führen, nein, da braucht es schon andere methoden, z. b. sich einen pitbull zuzulegen, zumindest haben das die meisten gemacht, und jetzt habe ich den salat –

es gibt ja immer wieder so menschen, die es hierherverschlägt. man sagt dann: die mieten, man sagt: schicksal oder zufall – jedenfalls bin ich wieder umgezogen –, jetzt fängt ein neues leben an, habe ich vermutet – und doch, eine erstbesteigung sei das von mir nicht, hat mich martin vorgewarnt, „du wirst dich noch wundern!" hat mein paradeneuköllner da gesagt.
einen paradeneuköllner muß es in jedem bekanntenkreis geben, und schließlich wohnt martin seit sechs jahren da, sechs jahre wildenbruchstraße! das macht ihm so schnell keiner nach, zumindest niemand von den leuten, die so üblich sind zwischen uns, sprich: ex-studenten aus der mittelschicht, menschen aus dem kontoeinzugsmilieu. „du wirst dich noch wundern", hat er mir also gesagt und ist kurz darauf weggezogen, hat aus mir seine paradenachfolgerin gemacht. „den job übernimmst jetzt du!" doch wie, wenn er überall schon gewesen, überall seine wahrnehmungshäuflein gemacht, ich bin ja nur die retroversion, der müde abklatsch, die nächste generation.

„du wirst dich noch wundern!" darf ich trotzdem zu bernd sagen, obwohl ich ihm gegenüber nur einen

monat vorsprung habe. doch das interessiert den ohnehin nicht. das einzige, was den interessiert, ist seine tragische situation: eine trennung hat auch bei ihm eine neue wohnung notwendig gemacht, und neukölln kommt ihm da gerade recht, „das ist meine katharsis", hat er sich gesagt und diesen mietvertrag unterschrieben: südliches rixdorf, hinterhof zweiter stock. – „erste sahne", meine ich.
– man kann es sich eben nicht immer aussuchen.
– na, sage ich, du suchst es dir nicht gerade aus.
doch ich weiß, das gehört alles zu seinem katharsisprogramm. auch ich scheine dazuzugehören, jedenfalls hat er mich hierherbeordert: er sei jetzt angekommen, und ich solle mir das mal ansehen, hat er gesagt. „jetzt fängt ein neues leben für mich an!" scheint er aber nicht zu vermuten, trotzdem müsse er vorher die wände neu streichen, und mit dem boden müsse auch noch was geschehen – kurz: ehe man sichs versieht, ist man ins heimliche zentrum des stadtteils geraten.

im süden der stadt, beinahe schon außerhalb, unterhalb der grenzallee findet nämlich der berliner heimwerkerexzeß zu seinem vollprogramm, da gibt man noch wahrlich sein letztes hemd. urkunden an sachen stehen herum, hubschrauber an menschen, selbst die profis vom *böhmischen* platz kommen hierher, sicher nur alle heiligen zeiten, um sich ihre wohnung aufzumöbeln. ja, es gibt immer mittel und wege, sich aus der misere rauszuarbeiten, haben auch sie verstanden – kurz und gut: *holz poßling*.

das ist nicht etwa karstadt am hermannplatz, wo sich mallorca und gran canaria gute nacht sagen, nein, hier ist auch nicht der media-markt in der karl-marx-straße,

wo computer noch über eine oberfläche verfügen, so karaokekomputer mit k geschrieben – nein, hier bleibt alles in knallhart inländischen verhältnissen: mittvierziger in beobachtungsfreier kleidung, studenten aus dem technischen milieu, kleinfamilien – eben fachleute in totalstimmung erwägen die qualität der lacke und beschläge, leisten und bretter, die möglichkeiten, die im holzschutzmittel liegen.
hier zieht man nicht etwa aus einem tischtennisball seine aktionen, mehr so tischbomben gibt es, dann werden wutentbrannt rechnungen den in den holzkabinen sitzenden verkäuferinnen vorgehalten: „ich habe zwei kinder gezogen, ich wurde durchgeatmet, jetzt tropft der hahn, jetzt geht das gas, der boden ist hinüber, und die wände scheißen auch kein licht!"
wohnen im plastiksack, nennt bernd das, wohnen im plastiksack, kein wunder, er ist ja darin profi: anstrich für anstrich nähert man sich seiner ein-raum-wohnung, seinem ein-raum-gewächs.
– ein-raum sagt man im osten, hier heißt es ein-zimmer.
– wie? ach so.
ja, ja, auseinanderbräuche, wohin man blickt. „die sehen sicher nicht einmal fußball." nur hinten läuft so ein kind mit neongelbem borrusia-dortmund-t-shirt: „ob es dessen bedeutung kennt?" – interessiert bernd aber schon wieder nicht. „dieser ort überwächst mich nicht!" hat er augenblicklich beschlossen, denn „wir sind sowieso was besseres!" probiert er jetzt aus, doch gelingt ihm das nicht. den job haben nämlich längst andere übernommen: überzeugt, ferment zu sein in dieser gesellschaft, steht da so eine kleinfamilie mitten im gang und rührt sich nicht. links und rechts strömen konzentrierte einkäufer vorbei – familie mit anhang, sagt man, sehen aus, als hätten sie etwas vergessen. eine finan-

zielle beziehung zu allen dingen unterhalten zu können, darum geht es ihnen aber – nachahmen, wenn sonst nichts läuft, wenigstens so tun als ob, sich langsam an beipackzetteln hocharbeiten bis in die gebrauchsanweisung hinein und dann irgendwann zum gerät überschnappen, das müßte doch möglich sein. doch „materialfehler!" ruft der mann vorne noch immer zur kassiererin, „sie müssen mir das erstatten", tippt er mit dem zeigefinger auf sein papier.
– recht hat er, schließt sich spontan der mann neben ihm an, auch die frau dahinter stimmt dem zu, ja, die schlange ist lang geworden, menschen mit standbein und spielbein sozusagen, sie alle fangen an, nervös zu werden. kommt jetzt revolutionäre stimmung auf „wie am ersten mai"? kommt jetzt das proletarische kind herein und schlägt „klassenkampf" vor? etwa: ab nach mitte! so zwischen die sandsäcke, betonmischmaschinen, daimler-benz-ausfahrten? aber nein, wieder nur ein augenblick vorübergegangen, wieder nur eine chance vertan – „so kommen wir nie aus unseren startlöchern heraus", schimpft einer leise vor sich hin, das bin aber schon wieder ich, mehr auf unser persönliches fortkommen gemünzt: „nun mach mal hin."

beim rausgehen treffen wir wieder auf die beiden kinder im military-look, an ihnen muß man vorbei, die geben sich die hand, geben immer noch denselben anblick her: „bohnenstangen!" will man ihnen zurufen, so dünn sind sie und lang erscheinen sie in der ganz-körpertarnkleidung. nicht gerade genietrümmer vom himmel gefallen, eher so military-spatzen: „euch kennt man ja gar nicht auseinander!" muß man wohl zu ihnen sagen, damit sie auseinandergehen und einen durchlassen. so aber stehen sie nur da und grinsen, wächter der unendlichkeit nicht gerade, und doch: „letzte hürde", sage ich zu bernd, sonst gibt es nichts mehr zu überwinden. denkste! zurück fahren wir nämlich durch die kleingartenkolonien, wegen der falschen richtung, die man in solchen situationen irgendwie einschlagen muß, durch so kleingartenkolonien, wo der hubert-fichte-satz, der lokstedtsche: „die nachbarn fingen an, sich über den samenflug zu beschweren" frei übersetzt und eine oktav nach unten verlegt wird. ja, kleinere flugkörper sicher auch hier mit grenzüberschreitenden ambitionen, ansonsten immer gleich unmittelbare umgebung, einfamilienmilieu und wohnblocks, da kommt man nie wieder raus.

eine woche später hat bernd aber schon feuer gefangen. aha, denke ich mir, jetzt fängt die ganz normale neuköllner karriere bei ihm an: schon erklärt er mir die welt, sein liebesknick scheppert dabei noch ein wenig in der stimme herum, aber ansonsten sei er total angekommen – total von einem ort überwachsen will er jetzt sein. den paradeneuköllner will er allein abgeben, so ganz für sich, schon weiß er über alles besser bescheid.
so bringt er seine tage rum: „stirb langsam", teil drei, schneller fällt dir die welt nicht mehr ein. – „und danach?" – „unbunt ist der himmel und voller transparenz." – „und sonst?" so bringt er seine tage rum: beobachtet den elektriker, der zwei stock über ihm wohnt, auch den an-und-verkauf-menschen von unten, bringt beide irgendwie zusammen, zieht seine schlüsse: so inkasso-menschen, regelrechte abschußvögel sieht er überall auftauchen, dechiffriert allerorts zeichen, deckt kleidercodes und verhaltenskodexe von angeblichen hehlern und kleinkriminellen auf – ja, ein knall-

hartes profibild von dieser gegend schießen und damit aus der privatmisere rauskommen, fängt da bei ihm an, ringsum wird praktisch auch nichts anderes mehr gemacht. auf lokalkolorit setzen die meisten dabei – nichts einfacher als das: „unsere türkischen *mit*bürger" zusammensampeln auf einen strich, bis die verlorengehen, daß man sie nachher direkt aufsuchen muß in ihren dönerläden, billigläden, in ihren cafés. aber da traut sich ohnehin keiner hinein, nicht umsonst sagt man: „zweite generation!"
jedenfalls ein knallhartes profibild von der gegend schießen mit dem rückenwind der laufenden ereignisse, glaubt man hier schnell hinzukriegen, doch klappt es auch bei ihm nicht ganz – er könne jetzt blendend abstrahieren, kommt nämlich schon beim nächsten telefonat, er vollbringe täglich gnadenlose abstraktionsleistungen von seinen wohnverhältnissen und nicht nur von diesen! fügt er hinzu. „manche menschen können eben abstrahieren", sagt er da, „andere wiederum nicht."
dabei weiß ich, bald ist mit dem abstrahieren schon wieder schluß. denn was zuviel ist, ist zuviel, folgt dem nach, alles, nur nicht diese gegend! wird er mir bald verraten: „wie hältst du's hier bloß aus?"

habe nämlich ich ihn gerade gefragt. meine neuköllner karriere will ich jetzt zu ende bringen, eine an den fingern abzählbare, durchaus übliche – doch so einfach ist das nicht. denn wohin? – nach friedrichshain? fällt ihm bloß ein: das kann man sich noch leisten. – friedrichshain? wo die nazis sind? – das ist lichtenberg, meint er dazu – trotzdem!
so trifft man sich am ende wieder, zwei schneemenschen under construction: da breiten sich die weißen flecken

auf der landkarte wieder aus: wohnungspläne! die muß man haben, sind sonst keine anderen zur hand.

wohnungsbesichtigung: und schiebt man brav zum fenster raus: berlin flieg, flieg berlin! funktioniert aber nicht, bleibt hängen, will nicht losstarten. was bleibt, sind so reste, unangenehm groß, ansonsten widerliche broschüren, werbebroschüren schlagartig beatmet, beamtet gleich danach. ja, ja, und zwei schritte weiter auch schon wir, kleine gefühlswimmerl, hocken am rande und klüngeln gegen das an, verdienen manchmal sogar geld damit. denn unter dem sony-himmel bleibt immer noch platz für ein bißchen höhlenforschung, doch zwischen stalaktiten und stalagmiten wachsen einem die augen schnell aus, die augen werden einem hier zur zweiten haut, man hält sich bedeckt sozusagen – mit fluchtlinien. doch da ist kein rauskommen, kein entkommen mehr möglich trotz der ausfallsstraßen, trotz der kommenden stadtautobahn. (sicher, wenn jemand nachfragt: bankomaaat! nur dieses schlupfloch bleibt noch!)

– hardhouse gibts nicht, sagt er bestimmt und dreht sich weiter seine zigarette. raketenstart ist das aber nicht, die unterhaltung. hardhouse gibt es nicht, sagt er, es gibt nur hardtrance, aber kein hardhouse, weiß er bescheid, zumindest nicht als musik, als label, das ja –
ist er also wieder aufgewacht, ist sven doch wieder hochgekommen aus seiner melancholie, und gegenstandswinken fängt prompt wieder an: nein, an mein t-shirt reiche ich nicht heran, ich verblasse dahinter, die kleidung gibt einem eben viel zu denken auf, ja, ja.

in den 90ern gab es zwei jahre lang die 70er, doch die reichten nicht aus, um die 90er wiederzuerschaffen, danach ging es nur noch abwärts, richtung 50er mindestens, wo die boys and girls auseinanderblühten, sich gegenseitig versenkten: schiffchen versenken! und bald breiten sich die 20er wieder aus in berlin, das ist ja jetzt schon schick. wenn die gegenstände immer mehr einschrumpfen und einschrumpfen und eines tages ganz weg sind, dann sind es mit sicherheit die 20er gewesen. reibungsloser kartenvorverkauf dafür jedenfalls jetzt schon.

doch es bleibt dabei: hardhouse gibt es nicht.
– wie?
– na, als musik. hardtrance, das ja, aber nicht hardhouse, setzt er wieder seine zigarette fort: du meinst wahrscheinlich harthouse, das label.
– nein, ich meine hardhouse als musik.

nur weil er härtere sachen nicht mag, gibts die dann immer gleich nicht. nur weil er mal anscheinend in einem plattenladen gearbeitet hat, muß er immer alles besser wissen, so ein extra gehörgang wurde ihm wohl eingezogen, der hört nämlich anders als wir: der hört doppelt so viel und doppelt so schnell und weiß immer, was: sein gehörgang ist eben mit dem gehirn verbunden, das ist nicht so wie bei uns, wo geräusche einfach nur so kommen und dann auch nur vorübergehen.
– du meine güte, na gut, dann gibts eben hardhouse!

zwei im auto fahren vorbei. zwei im auto fahren in solchen momenten immer vorbei und haben ebenfalls wichtiges zu bereden, also fahren wir mit. kommt ja immer häufiger vor, daß man zweien im auto begegnet, das hat mächtig zugenommen in dieser stadt. doch als sozialer ort ist ein auto hier eigentlich ungeeignet, besonders für einen saftigen streit. immerhin: am rücksitz läßt sich so einiges zurückspulen, und strategische genossen, bündnisse auch da: also ich würde eher den weg über die oberbaumbrücke nehmen.
– und bitte warum nicht gleich zur jannowitzbrücke, oder wollt ihr etwa nach friedrichshain?
– um gottes willen!
mit dem auto durch die stadt: wollen wir jetzt nach mitte oder nicht? – nee, an den hauptbahnhof: da soll es eine location geben, sowas zwischen baustelle und postamt.
– noch nie was von gehört.
– du liest ja auch die falsche zeitung.

wie der neben einem lachen kann: lacht immer über seine eigenen witze, ohne daß er sie erst macht. und wie der vorne auto fährt: hat der nun 'n trip geschmissen oder nicht, wird sich der vorübereilende passant nicht lange fragen, weil es den auch nicht weiter gibt. herrschaftszeiten, was ist da draußen los? frenetische stille, alles leer.

„ey, fahr doch vorsichtig." rufe von hinten nutzen aber bekanntlich nie etwas. draußen noch immer die köpenicker straße, mensch, ist die heute aber lang. und dann die *heinrich heine*, die fischerinsel – *leipziger*: kennt man das nicht woanders her? „sag mal, wohin fährst du eigentlich?"

sven, sven, wo wird das mit uns enden, wohin geht das mit dieser nacht? ganz einfach: vorbei an den leeren friedrichstraßenquartieren, quer durch das ganze brachland an investition – „und hier wird abgehört?" kommt es von vorne: martin, auch noch vorhanden, lacht: „würde zu gerne wissen, was man da hören kann." funkelnagelneue stille, nehme ich an, diesen planeten betritt man ja auch nicht freiwillig. muß man heute schon direkt froh sein, wenn architekten „die bedürfnisse des ortes" miteinbeziehen – doch wer will heute schon an wohnen denken, wir jedenfalls nicht, wir fahren schließlich auto, und chris hat sich immer noch nicht beruhigt, er läßt sich von uns immer noch nicht bremsen. also verlegt man die architekturdebatte lieber auf andere bereiche: „mach doch mal die musik leiser! man kann ja sein eigenes wort nicht verstehen."

draußen die berliner mitte auf landstraßenniveau: autobahnhälften statt haushälften und haushälften statt gesichter samstag nachmittags in spe an der spree… jedenfalls nichts mehr zu sehen, alles fort, alles in hauptstadtrichtung verschwunden, leergefegte plätze… was kann man da noch machen? dagegen veranstaltet martin jetzt so einen pop-theorie-mix, ja so auf voodoo-art bespricht er die situation, daß man sich hinterher nicht mehr auskennt, wo ist der ernst, wo der spaß, wo anfang, wo ende: „hey, was meinst du jetzt damit schon wieder?" – doch coole fragen zu einem coolen zeitpunkt zu stellen gehört anscheinend nicht zu meinen möglichkeiten, so sieht er mich jetzt an: „habe ja nur spaß gemacht."

also gut: martin, kaum aufgetaut, verfaßt da vorne wieder so einen pop-theorie-mix, das ist so in berlin, ist man nicht in köln, ist man nicht in münchen, dann sitzt man in berlin in einem auto – nein, hier sitzt man in keinem auto. – also gut, sitzt man eben anderswo, z. b. im *discount*, der fährt auch, auch da kann man loslegen, so wie es spaß macht, wie es gut kommt: wer kann da noch mit?

– niemand!

– also gut, sich sternchen auf die stirn kleben (eighties im kommen!) und strategien dabei entwerfen für den jahrtausendbeginn, in irgendeiner düsteren destille nicht, nein, da muß es schon das shockwave-dasein in irgendeinem club sein, der dem early-eighties-design auch so halbwegs entspricht. hier haben wir aber eher etwas undefinierbares mit diametral entgegengesetzter lichtregie – irgendwo in den tiefen des raums ist in diesen tagen ja immer ein dj zu finden, also muß auch hier einer zu finden sein, doch wir finden ihn nicht, und das gibt uns den rest: die musik geht von allein und ist schon so laut –

dabei ist doch dj jetzt rufnummer eins, beruf nummer eins, da gibt es praktisch nichts anderes mehr – quatsch! – mensch, war doch „nur so als metapher"

gemeint, nur so als bild – doch nur so als bild ist heute nahezu alles gemeint, „die welt besteht ja bekanntlich aus bildern“, so jetzt martin, „ich meine, machen wir uns nichts vor“, beginnt er von neuem, „wir sitzen klischees auf, die wir bewegen, rhythmischen, bildlichen, formalen klischees.“
gleichzeitig sitzen wir aber weiter an diesem ort, die hausmauern sinken nicht, die wände bleiben auch brav stehen. nicht viel los, im grunde ist die bude leer. „ist auch mittwoch abend“ fängt jetzt wieder an. doch egal, wohin man geht, immer ist es das absolute nebenevent zu einem hauptevent, das dieselt woanders dahin, wo, wird nicht verraten, das stellt sich immer erst nachher heraus ...

mensch, taucht doch ansonsten auch alle augenblicke die popfraktion auf, doch was anderswo distanzpop, ist hier eben nur distanzpappe, man hält sie sich vor augen, um differenzen zu erschaffen, man kann sie sich hier mieten (um 3,50 DM! – wahnsinn!), um ganz woanders auszusteigen im blick. doch jetzt ist auch mehr so die pillenfraktion im kommen, sie streunen hier herum, halbnackt, wollte man beinahe meinen, doch das ist nicht wahr, nur mit ihren gesichtern tauchen sie vor uns auf. grinsen einen an. so ab durch die mitte grinsen sie einen an und sind schon durch einen durch.

ich meinerseits habe drogenkonsum nie gemocht, ich meinerseits, meint jetzt kerstin, nippt an ihrem wein – wer ist kerstin? mag man jetzt fragen – richtig! aufgepaßt! kerstin gehört hier auch nicht rein, sie sitzt in einem der zahlreichen restaurants nicht weit von hier und will auch was sagen, will auch dabeisein, mit von

der partie in den hackeschen höfen, wie man jetzt zu all diesen orten hier sagt: ha-kke-sche-hööööfe!, in denen tun sie sitzen und aufpassen, daß sie auch das richtige bekommen. ja, globalisierungsgewinner: man hätte das zwar nicht vermutet, aber sie existieren, mitten unter uns. man kann sie anfassen, man kann sie ansprechen, manchmal antworten sie auch, diese aber nicht mehr, denn wir sind schon weiter – weiter zur nächsten station. da steht nämlich schon die moserfraktion (hier ist wohl martin geblieben), die mosern nur rum, mosern und haben nichts begriffen, wissen immer alles besser im vorhinein, doch dann und wann gehen ihnen die themen aus: nichts wie weg, sagen sie dann... denn ein stückchen weiter, da ist schon die überlebensfraktion (hier steckt chris, nehmen wir an) die sehen nicht mehr nach links und rechts, die versuchen nur klarzukommen mit ihrer situation –
– stopp!
– wie?
– personell wird hier nur noch abgebaut. nichts wie weg!

recht hat er, recht hat er, doch aus den 90ern führt kein weg hinaus, es sei denn über die yorckstraße, hasenheide, karl-marx-straße, buckower damm. schon ist man fein raus, zwischen den zwiebelgärten und schrebereinheiten – ja, zwischen lauben und kanälen fängt eine neue zeitrechnung an – doch wir haben nicht mal mehr ein auto, wir haben auch die anderen verloren, und wir suchen wohl an der falschen stelle, stehen mehr so vor den wohnblocks beim alex herum. und kommt auch keiner raus und will reden, bleiben alle oben sitzen. ja, im sechsten stock ist tatsächlich noch so ein fernsehfenster zu sehen, da hocken sie, tun zielfernsehen! ler-

nen fürs leben! oder: „mal andi besuchen und grit." doch selbst die öffnen uns nicht, machen einfach weiter ihr paar-langstrecken-wohnen, da kann man bekanntlich die tür nicht mehr öffnen – stattdessen tragen sie ihre eigenen 90er jahre, ihre privaten 90er schleppen sie mitten durchs wohnzimmer, das kostet ganz schön viel kraft, aber: was da alles zu gewinnen ist! denn manchmal werden aus den kleinen 90ern die großen, verdrängen alles andere, stehen dann mitten im raum, bis sie platzen, sich auf alle umstehenden verteilen –
– ja, schnell wird man hier um ein paar jahre älter.
– und am ende hängt man selbst mit drinnen.
– prozeßbeobachter ist man schon seit langem.
– und was nun?

im ersten moment fällt einem in so einer situation ja nie etwas ein, im ersten moment steht man neben so anderen da, die auf den nachtbus zu warten scheinen, der jeden augenblick unweigerlich kommen müßte. steht man da mit diesen gestalten: betrunkenen, punks, studenten, pennern oder anderen leuten und starrt auf irgendein gegenüberliegendes gebäude, eine baustelle womöglich mit einer großen werbetafel am bauzaun, wo das neue büro- und wohngebäude draufsteht. im ersten moment führt man gespräche wie: keine sorge, sowas temporäres findet sich schon wieder ein. sowas temporäres, und plötzlich haben alle davon gehört, plötzlich weiß jeder darüber bescheid. temporär, ephemer, passager – prozessual! kingvokabel der ausgehenden 90er! – gar nicht wahr! – wie? – na, bald ist die stadt fertig, und dann bewegt sich hier nichts mehr – so oder ähnlich. es gibt aber immer auch spontanreaktionen, die sind immer mal wieder aufgetaucht: auch in diesen breiten, auch in diesem klima, selbst in so einer situation.

und dann fing er mit seinem subversionsterror wieder an. war ja zu erwarten gewesen, daß er sich da wieder reinverirrt in seinen subversionsterrorton: geheimsprache on! ab heute versteht mich keiner mehr! – und ist wohl auch so geschehen, und wird er wohl bei so einer hippiefraktion gelandet sein: trübe tassen, die im trüben fischen, sage ich immer. glauben das system auszutricksen mit ihren geheimsprachen, geheimbüchern, geheimcodes…

nein, ich sage: und dann machte er seinen subversionsterror an: auf nummer sicher – „geht dich doch nichts an!" aus den 90ern führt kein weg heraus, es sei denn an mir vorbei, so sah er plötzlich aus… und habe ihn nur ausgelacht…

und dann sagte er etwas von: grenzen setzen, grenze sein. ich habs auch nicht recht verstanden, jedenfalls… plötzlich wollte er nicht mehr allein sein… allein? habe auch ich ihn gefragt, sehen sie, schon da habe ich ihn nicht mehr verstanden.

ach, ja: du kannst die dinge einfach nicht beim namen nennen, hat er noch zu mir gesagt und ist gegangen.

ich glaubte ihm kein wort.

nein, ich habe keine ahnung, wo er sich jetzt aufhält. nein, auch darüber wissen sie sicher besser bescheid als ich.

beim rückweg wieder die lindenblüten, bilden ihren film auf den straßen, den autodächern, windschutzscheiben, bedecken die stadt mit ihrem muster, eine handschrift, die nicht leicht zu entziffern ist, geheimsprache! sie flüstert uns was zu. „romantisch ist die oberfläche der erde“, so schlegel, man müsse sie nur entziffern, doch allein kann ich es nur schlecht.

treffer

in der domenicusstraße fing es an. am amt für ausländerangelegenheiten ist doch tatsächlich der irre vom dienst erschienen, so'n kleines männchen mit glatze bis auf die graublonden wuschelhaare, die wegstanden vom hinterkopf. er behielt während der ganzen wartezeit seine walkmankopfhörer schief aufgesetzt, aus denen aber keinerlei musik zu vernehmen war, und störte die beamten bei der arbeit, indem er immer wieder in deren zimmer marschierte und dort lautstark fragen stellte, die hier draußen den rest der wartenden belustigten. meistens waren es fragen, die sich um den rang der staatenlosigkeit drehten, den er zwar, wie er immer wieder beteuerte, selbst nicht habe, von dem er aber nichtsdestotrotz beschäftigt schien. plötzlich verlangte er einen „schreiber", „unbedingt einen schreiber" brauchte er, woraufhin eine junge frauenstimme meinte, daß das auf deutsch „stift" hieße, was wiederum den rest der wartenden belustigte, wohl wegen des deutlichen akzents der frau. der irre aber schrieb etwas auf einen zettel, ohne groß notiz von ihr zu nehmen, und als er schließlich vom beamten ins zimmer gebeten, ja, extra abgeholt, und ebenso laut auf seinen schwerbehindertenausweis angesprochen wurde, rief er fröhlich: „hören kann ich, ja, hören kann ich."

auf der straße ging es dann weiter: mann oder frau haben sie sich gefragt, das war nicht zu entscheiden. plötzlich hatte man unterschiedliche einschätzungen festgestellt, plötzlich hatte man festgestellt, daß man völlig anderer meinung war, und nicht haltbar die argumente in diese oder jene richtung, von außen schwer zu beurteilen jedenfalls. man beeilte sich, auf einen kompromiß zu kommen, der nicht zu überbieten wäre: „keines von beiden!" aber das galt natürlich nicht, und doch mußte es ja in etwa diese richtung gehen.

selbst am spreewaldplatz hörte es nicht auf, als wir hinter den beiden frauen hergingen, die sich in deutsch und türkisch unterhielten, mit einer leichtigkeit immer von einer sprache zur nächsten wechselten, wie es ihnen eben gerade paßte. da wir nicht türkisch können, war es für uns schwer zu beurteilen, wie das funktionierte, deren sprachsystem.
und doch: als auch wir wieder zu reden begannen, wirkte es einen augenblick so, als machten wir es ihnen nach, nur eben so einsprachig. eine weile schien es uns auch zu gelingen, dann aber ließ es wieder nach.

„gehobenes ausland" nennt meine vermieterin das – gehobenes ausland, das wäre doch was anderes, hat sie mir gleich anvertraut. „ja", habe ich gesagt: „da sind wir noch mal froh, da habe ich richtig glück gehabt, hätte auch schlimmer kommen können!" – „bei ihnen doch nicht!" hat sie darauf gesagt und gleich weitergeredet vom postbetrug, der in ihrem haus stattfinde, da stünde eine wohnung leer, und „stellen sie sich vor!" da schrieben wildfremde ihren namen auf den briefkasten und dann kämen versandhaussendungen und würden hier entgegengenommen von leuten, „die gibt es gar nicht".

gehobenes ausland also, weiß ich jetzt bescheid, wie ich so das treppenhaus hochgehe, immer knapp an normalisierungs-, normierungsprozessen vorbei, und manche meinen, das wäre immerhin schon was. nur „kaufen kann ich mir davon nichts!“ wird einem hierzulande empfohlen, sei stets darauf zu antworten.

der junkie mit seiner pinocchiofigur, den man schon einmal hat rausbefördern müssen, ist wieder da. „selber pinocchio“, hat sie eben zu ihm gesagt, die lange nase blieb aber. er läßt von seiner puppe nicht ab, der mann mit pinocchiozubehör und pinocchiosprache will aber auch nicht gehen, sein pinocchioblick right durch die pinocchiopuppe sagt: „habt ihr eine zigarette für mich?“
– nee, sagt sie, und jetzt geh mal schön wieder.
doch der mann mit dem pinocchiozubehör und der pinocchiosprache will nicht gehen, er sagt: „habt ihr eine zigarette für mich“ – „nein!“ ruft sie zum zweiten mal. gibt dem kerl schließlich seine zigarette. der steckt sie weg, bleibt einen moment lang stehen, als brauchte er zeit, sich zu merken, was jemand im raum gesagt haben muß, dann dreht er sich abrupt um und verläßt das foyer.

– monsieur cavaliere, was sagen sie zu den zuständen hier?
aber stefan beugt sich wieder über sein buch, „is noch nich mal halbe“, sieht er wieder aus, is noch nich mal halbe, heißt: meine arbeitszeit fängt erst an. beugt sich über sein buch, *american psycho*, nein, niemals, sowas liest er nicht, was ist es: pavese? svevo? – man würde doch wirklich zu gerne wissen, was er da liest, doch er zeigt es nicht her.

– monsieur cavaliere, was sagen sie zu den zuständen hier? doch „he noddes“, sagt aber nichts, er reagiert nicht im mindesten auf einen. kinosterben, hat man das längst übersetzt, fängt so an. bei manchen kommt es von außen, bei anderen eben von innen. doch immerhin: drei kinos der kette sollten geschlossen werden, man habe sich bei einem umbau verkalkuliert, und die neuen multiplexe zögen auch publikum ab, aber lisa sei das ganz gleich, sie verlasse die stadt im herbst, gehe nach münchen, da kriege sie einen ordentlichen job. „in münchen kriegen sie ja alle einen ordentlichen job." am verkaufstresen jedenfalls das buch, das lisa aus dem englischen übersetzt, ein buch über spionageaffairen. „da kommste schräg drauf. jeder erzählt einem plötzlich so geschichten", erläutert sie, z. b. von wanzen im beton, interessierte kreise werfen wanzen in den beton schon beim bau von gebäuden, zum beispiel der neuen cdu-zentrale, da habe man massen von wanzen gefunden, im beton, und nicht nur das – „wußtest du, praktisch jedes telefongespräch wird abgehört. die haben computer, die filtern einzelne worte raus, und sagt man beispielsweise: raf, dann wird man aufgenommen."

draußen ist noch immer der junge zu sehen, der seine pvc-geldbörse gegen die wand wirft. sie fällt zu boden. er hebt sie wieder auf und schmeißt sie erneut gegen die wand. plötzlich nimmt er lisas blick wahr, wirft die börse dann mit größerer wucht gegen die wand. schnappt sie wieder und wirft sie schließlich gegen die gläserne eingangstür. „hey!" ruft sie, doch es wirkt nicht. er sieht sie nur böse an, verschwindet. zu beobachten ist jetzt nur noch der typ ein paar meter weiter hinten, der zettelchen unter die schweibenwischer der parkenden autos klemmt. so ein ich-kaufe-selbst-ihren-kaputten-wagen-typ. solche gibt es hier ja genug in der gneisenaustraße, yorckstraße, am mehringdamm. „aber am ende kaufen sie dann doch nichts. ich habe noch nie gehört, daß jemand an so jemanden was verkauft hätte.“

– monsieur cavaliere, was sagen sie dazu? doch der ist schon im vorführraum, ist schon wieder mit anderen dingen beschäftigt, bedient jetzt die maschinen, die filmrollen kommen auf die unterschiedlichen teller, er fädelt den filmstreifen ein, wischt mit dem pinsel noch einmal über die maske und das objektiv, bewegt einen hebel nach oben. etwas rastet ein, der film ist eingespannt, er läßt ihn ein wenig einziehen, schaltet dann die maschine wieder ab. geht zum diaprojektor und macht den an – zuerst die werbedias, dann die werbespots und letztendlich: der film. so fängt ein kinoabend eben an.
jetzt sieht man es auch schon kommen, das acht-uhr-publikum, es füllt die untere halle an, drängt schon, drängt nach oben. man kann ganz genau vor dem kauf der karte sagen, in welchen der beiden parallel gezeigten filme die leute gehen wollen, „das ist pure soziologie, die wir da treiben“, man weiß eben, wie die leute ausschauen, die in *brassed off* oder in *lola rennt* gehen.
„am mierendorffplatz steht eine bank, da wurde *lola rennt* gedreht, und davor steht jetzt ein schild: hier wurde *lola rennt* gedreht – muß man sich mal vorstellen“, lacht hatice.

immer derselbe ablauf: stefan sitzt im vorführraum, lisa hinterm tresen, hatice oben vor dem eingang, jemand steht unten neben der bestuhlung und fragt: „kann ich euch helfen?“ sie sagt: nein! er geht aber nicht, stellt sich neben den ständer mit den foldern, neben das ständige papier und wartet. salzsäule oder was? – man gibt den leuten kaffee, man gibt ihnen zigaretten, sie dürfen sich oben waschen. und dann bringen sie noch ihr radio mit.

„schalt doch die musik ab, wenn du schon hier bleibst!" doch der bleibt nur stehen, starrt in seine richtung, die er so hat, steht da und sieht seltsam nach oben, als ob botschaften aus dem all gießkannenweise sich da über ihn schütteten. gleich wird er sie ausführen – gleich geht er wieder seine strecke ab. keine teststrecke, niemals teststrecke, er macht immer gleich alles in echt. (jochen!)

– macht unfertige körperbewegungen.

– (jochen!)

– sammelt zeitungsausschnitte, kringelt da wörter ein. hält sich auf mit bedeutungen, die keiner sonst sieht.

– und so kommt er dann hier an, steht plötzlich im kassenraum da. starr.

– was, den kennst du noch nicht?

– aber hallo!

„das letzte mal kam er rein und ging seine übliche strecke ab. sagte ich ihm, er solle rausgehen. sagte ich ihm: ‚würdest du das bitte draußen machen.' der reagierte natürlich nicht. begann ich lauter zu werden: ‚würdest du bitte jetzt endlich rausgehen!' reagierte der aber nicht. und stand ich so blöd vor ihm da, kommt stefan runter, springt plötzlich auf den zu, macht ‚husch' – und: stolpert der typ so nach hinten, sieht stefan ganz erschrocken an – und: war schon weg."

„husch", so sahen sowohl er als auch stefan noch eine weile aus. und heute? menschen gehen rückwärts, ist auch jetzt sein angebot. menschen laufen rückwärts, das macht er gerade nach, „na, der taucht heute nicht mehr auf!"

draußen jetzt wieder musik: mit ausstattung. fahren sie vorbei in ihren sportwagen, in ihren kombis und mercedes und drehen die musik ganz laut auf, als wollten sie es uns zeigen: jahreswechsel!
– es riecht verdammt nach jahreswechsel.
– wie?
– na, heute abend.
mitten in diese spargelzeit kommt immerhin schlagartig der sommer.
– cavaliere, was sagen sie zu diesem sommer?

keine antwort. wie üblich.
– ach der, der ist praktisch nach hause gegangen, so geistig, den erreichst du jetzt nicht mehr.
– stefan sagt nichts, das ist doch bekannt.
– ach, laßt mich doch alle in ruhe!

nach den zahlreichen interviews, die ich hier gemacht habe, nur dieses eine noch. doch es will nicht gelingen, ich komme nicht voran. da habe ich praktisch den ganzen abend in der bestuhlung verbracht, doch er redet nicht mit mir, sieht mich nicht mal an. eher redet er schon mit dem prachtburschen mit seinen prachtbänden, der wedelt damit vor einem herum: interesse? – nee, danke.
– bücher klauen und sie dann verkaufen, das waren sie, die 80er jahre!
– ja, heute schreitet die professionalisierung in diesen bereichen eben fort.
– quatsch!
stefan starrt jetzt wieder auf den prospekt. hat er etwa was gesagt? aber nein, kann gar nicht sein!
– wie? quatsch! haben sich doch gerade wieder welche einsperren lassen im *babylon*.

– ach, kinder, die mutproben bestehen.
– nee, profis mit seitenschneidern, wollten den tresor knacken.
also lisa würde nicht mehr hinter die leinwand schauen, ob sich da jemand versteckt halte, bevor sie ginge. total hysterisch findet stefan sie, total hysterisch.
– das steht hier nicht zur debatte, ja! – sie sieht ihn plötzlich scharf an. „and he only noddes", sagt dazu aber nichts: feierabend! doch halt! sagt: krieg dich wieder ein. – und macht dann die kontrollrunde durch die säle wie immer allein.

wer ist hier in wen verliebt? wäre eine gute ausgangsfrage gewesen, doch so was fällt einem hier nicht ein, auch die meine ging in eine andere richtung, an die schließt man so leicht nichts dergleichen an.

von geräuschloser einfachheit durchdrungen, so beschreibt marx feuerbachs hegelkritik. das kann man womöglich auch anderswo entdecken, nicht jedoch im *röntgenpalast*, da rauscht alles. was solls, wir gehen trotzdem hinauf. unten im offenen treppenaufgang des betongebäudes spielen türkische kinder fußball: der ball fliegt vom ersten stockwerk ins zweite, alles brüllt „tor!". wir gehen weiter hinauf, bis wir durch den letzten, mit plastik überdeckten aufgang in den *röntgenpalast* gelangen, diese provinzdisko von arztpraxis, und schon stehen wir in einem überdimensionierten wartezimmer und sehen durch eine fensterfront in den blockinnenbereich: wohnungen aus den achtzigern?
– quatsch, siebziger! sollte jetzt eine stimme im hintergrund sagen. und eine stimme im hintergrund muß es auch geben, nur meine kommt wie immer einen augenblick zu spät, setzt sich, sagt: „mensch, hier ist ja gar nichts los!" und fügt gleich hinzu: „ist ja nicht gerade der renner, die praxis." tatsächlich, es ist niemand anderer hier. „was ist das denn?" sie springt wieder auf und kommt zum fenster, „das habe ich von unten noch nie gesehen."
ja, da haben wir uns in all den jahren durch sämtliche praxen in diesem gebäude – kinderarzt, urologe, hautarzt – nach oben gearbeitet, und jetzt stehen wir hier ganz allein da. blicken auf den blockinnenbereich: nicht gerade gemütlichkeitsstürme hinter den fenstern: das ist eben wohnen mit innenrand, diese wohnungen gehen nicht nach außen, sie bleiben immer innen stehen,

ja, wohnen im blockinnenbereich, das erfordert training, da herrscht windstärke zwo.

„wie war die schule?“ frage ich sie wie immer etwas zu spät, und wie immer antwortet sie zunächst darauf nicht, sagt erst nach einer weile was, sagt erst nach einer weile: „und arbeit?“ – gemeinsam stehen wir am fenster, warten, daß was geschieht, doch geschieht da draußen nichts. zu sehen ist allein die pulsfrequenz des betons, der schatten des transparenztieres, das hier umgeht, es läßt sich nicht fangen, es läßt sich nicht falten, man kriegt es einfach nicht klein.
zu hören ist ein sausen, das ist ein sausen in der luft, das ist die höhenluft, denn auf 2000 meter kommt man hier mindestens. zu hören ist ein rauschen, das ist das schmelzwasser aus den siebzigern: jetzt soll man es austrinken. es rührt her vom schmelzen der polkappen in dieser stadt, das schmelzen der polkappen nicht nur für eine nacht, nein – von jedem der tiere zwei! heißt es offiziell: männchen und weibchen. der rest bleibt zurück. das ist ihr ganzes rettungsprogramm. die konkreten wunder, die hier geschehen, sind ganz schön erledigt, ja, bei näherer betrachtung sind sie ganz zu vergessen, also läßt man sie auch links liegen, und so liegen sie jetzt links und rechts der straße: der skalitzer straße, des kottbusser damms, der adalbertstraße, und niemand kommt mehr auf eine idee damit – kahlschlagsanierung, so sei dieser ort entstanden, er müsse verschwinden, schlägt man seit neuestem vor, und irgendwo ein fernseher schreit: „jetzt aber raus hier, nichts wie weg.“ sammeln sich auch schon menschen an in abreisephantasien, und reisen sie auch ab, in gruppen ziehen sie aufs land wegen der schlimmen lage, wegen der allgemeinen situation.

zurück bleibt ein beträchtlicher rest.
zurück bleibe zum beispiel ich. sie ist schon praktisch am gehen. sie will weg in ein-zwei jahren, etwa nach prenzlberg? gestern sagte sie: nein, wenn, dann schon richtig raus aus der stadt.

jetzt aber passiert weder drinnen noch draußen etwas, nicht einmal eine türkische mutter ist zu sehen, wie sie sich über eine balkonbrüstung hinunterbeugt und ihr kind ruft. und so kann man auch nicht sehen, wie es kommt, wie es stehenbleibt mitten im hof, als vollgültiger passagier hockenbleibt auf unsicherer basis sozusagen im dickicht des tageslichts.
mit heiler haut will es davonkommen, mit heiler haut wollen wir ja alle davonkommen, doch immer dünner wird es in dieser luft: abspecken, gesundschrumpfen, entschlacken, das sind die worte, die einem heute laufend einfallen, im grunde denkt man an nichts anderes mehr. und doch sagt man: „die tage werden wieder länger."
„freiluft", sagt man, „das wäre es", und: „ist ja draußen auch ein irres wetter." sie aber sagt jetzt: „es gibt da ein problem."

– –

„ihre tochter?" fragt er auch schon. „aber ja", die bleibt mir noch siebzig jahr, so wie es aussieht. – „fünfzehn?" kommt prompt, und ich nicke, beginne langsam zu verstehen: das ist einer, der fragt, jetzt aber fange ich zu fragen an, denn er wird mir erklären können, wie seine praxis, wie dieses gebäude hier zu verstehen ist. „spekulationsobjekt", sagt er aber nur, und: „bankenkonsortium", als kümmerte er sich nicht um meine fragen,

als gäbe es ausflüchtende antworten. das geht vorüber, scheint er zu denken, das kommt schon mal vor.
„und weiter?"
na, eine irrwitzige miete bezahle er, und: „mensch, hat man doch frischfleisch in den augen, ist doch sichtbar das problem, kommt auf einen zu, schlägt durch sozusagen." ja, sichtbar wird sie hier, die einsamkeit zwischen elektronischen geräten, sichtbar ist er, dieser pleitegeier an arzt, doch warum?
„ist ja draußen auch ein irres wetter!" könnte man erklären, aber das war wieder nur ich. er blickt auf seinen monitor, macht seine arbeit, meint, ich wüchse immer noch.

– –

beim hinausgehen richtung wartezimmer fällt sie mir auf, die pflanzengruppe aus den siebzigern – ja, diese siebziger-jahre-pflanzengruppen, wie sind wir da bloß hineingeraten? sehe die sitzgruppe, den zeitungstisch, tanja vor dem riesenfenster stehen: „können wir jetzt?" – „ja, natürlich." sie aber zögert – „was ist?" frage ich, als wüßte ich es nicht. da muß sicher etwas unterschrieben, da muß etwas versenkt werden in mein bewußtsein, doch da will momentan nichts rein. in ihres aber anscheinend auch nicht, sagt das papier ihrer lehrerin, sage ich: „ach, tanja, denk dir mal was neues aus."

da sucht sie sich einfach einen neutralen boden aus und rückt mit ihren geschichten heraus. zuerst will sie nichts lernen, in ihren kopf geht nichts mehr hinein, hat sie wohl mit vierzehn beschlossen, und mit fünfzehn läßt sie es noch immer nicht sein. „was du da machst, ist fürchterlich dumm", habe ich schon mehrmals versucht ihr zu erklären, doch das ist es eben, sie will direkt in die dummheit rein – ja, zuerst will sie nichts lernen, und dann sucht sie sich einen neutralen boden aus, auf dem sie mir dann dinge sagen kann wie: sie könne nichts lernen, dazu habe sie keine zeit. – „bitte, wie redest du mit mir!" darf ich mich noch empfehlen, danach ist schluß, sie murmelt noch was in sich hinein, zieht ihren kopf ein, ist im grunde schon weg.

vor dem röntgenfenster stehen wir, ich beim einatmen, sie beim ausatmen, so kommen wir voran. „schau dich doch selber an, das ist doch peinlich, mit vierzig so ohne geld dazustehen!" könnte jetzt kommen oder: „in deinem alter noch studieren, das ist doch voll daneben."
„laß das jetzt", sage also ich, „wir müssen das nicht hier besprechen, laß uns jetzt gehen."

und so gehen wir wieder runter durch das betontreppenhaus: wieder die kinder, sehen jetzt aus, als hätten sie noch nie einen fußball gesehen. und knallt uns schon die sonne entgegen, der straßenverkehr, der lärm, die hochbahn, ich sehe auf die kreuzung, wo punks stehen und auf windschutzscheiben warten, die sie waschen können für etwas geld. „polnische punks", nannte man die im letzten sommer, was wird es in diesem sein? „polnische punks" und „türkische gangs" nennt man ja überhaupt alles in letzter zeit, da fällt ihnen gar nichts anderes ein. was anderes sei auch nicht zu sehen, wird dann behauptet, was anderes finde hier nicht statt. ja, hat man woanders eine schallmauer durchbrochen, steht man hier mit leeren händen da.

– –

„was hat er eigentlich gesagt?" – „wer?" – „der arzt." es sei nicht gefährlich. „man kann es nicht heilen, aber man kann ihren zustand erhalten", hat er empfohlen. „und was ist es überhaupt?" habe auch ich ihn gefragt, worauf er nur mit den achseln zuckte: „überfunktion, unterfunktion, das ist nicht zu entscheiden."

jedenfalls draußen aus dem rahmen des üblichen ist man, weit über die grenzen. die schöne mitte, der lachende dritte, sie sind schon zu zweit, nur man selbst übersieht das wesentliche, es fehlt einem der rechte zutritt zur überparteilichkeit – teil der lösung oder teil des problems, konnte man früher noch punkten, jetzt sagt man gar nichts mehr dazu. „erst den blick freischaufeln und dann bewegungssehen!" hat der arzt nur gemeint und gelacht, und auf mein zögern „auf was warten sie noch?" gesagt: „etwa ein ineinandergehen von raum und zeit – einheit des schauplatzes mit der handlung, figuren, die identisch bleiben? du meine güte, auf 2000 meter sind wir mindestens, und sie wollen einheit des raumes, einheit der zeit und dazu einen überblick?"

aber nein, wie könnte ich, nur ein wenig abstand schaffen, abstand zur eigenen situation. so fängt doch jeder heilungsprozeß an, mit dem abstand zur eigenen situation, denke ich mir im gehen, rund um uns der kottbusser-tor-betrieb, den man in- und auswendig kennt. sie geht neben mir her mit ihrem leicht schlurfenden gang, kommt eben in ihre langsame phase, wo gehen zum schlurfen wird und denken zum buchstabieren, „hast doch alle möglichkeiten" (so arme, beine und gesäß?) kann man da nicht sagen, sie hört einem nicht mehr zu, ist längst nicht mehr von dieser welt.

wir schlängeln uns zwischen den stauenden autos durch, und schon bleibt sie leicht hinter mir, trödelt. ja, da schickt man sie auf eine charlottenburger schule, und heraus kommt nichts als „normales geld“, das sie haben will wie alle anderen auch. doch nicht nur in konsumsprachen kann sie sich hineinversetzen, sondern auch in launen ganz von allein – das sind komplett die ihrigen, mit denen habe ich nichts zu tun – wir bleiben stehen, vor uns der fließverkehr, warten, bis wir weitergehen können, und da sehe ich sie auch schon kommen, unsere privatsphäre, wie es heißt, doch in wirklichkeit hat sie die ihrige und ich die meinige, nur manchmal kommen beide zusammen, so in der küche, beim abendessen, überfällt sie die kleine gier, tochter zu sein – beim überqueren der straße aber fragt sie plötzlich: „hanna, hast du was?“

bettgeschichte (platz für geschichten)

wenn man fickt, vermeint man doch was zu erleben, da muß doch was weitergehen. man meint, aus dem vögeln kommen immer zwei raus und nicht nur einer, immer zwei, die was zu erzählen haben, die aber dann mal ordentlich loslegen und loserzählen. keiner bleibt darin zurück. doch wie gelogen, was für eine unterstellung, liegt er im bett, liegt er da und sieht gegen die decke.

sex im strohhalm, so geht es eben nicht weiter – „was hast du gesagt? wo gehts hier weiter?" – sie antwortet aber nicht. nix nix findet statt, nix nix ändert sich, weiß er, und so ist sie wohl überläuferin geworden, wie man sagt, verräterin an der eigenen sache. so geht das schon eine ganze weile, doch er ist da kein idiot, so wie er liegenbleibt auf dem bett, geradeaus, als ob ihm was weggeschnappt worden wäre. „was hast du gesagt?" – „nichts." – „gut, gut", er sagt bald auch nichts mehr, und sie, sie hat sich jetzt aufgerichtet, sieht einfach hinaus auf die große baustelle da draußen. zimmer mit meerblick könnte man beinahe sagen, nur kräne und häuser, die hochgezogen werden, die fensterscheiben bedeckt mit leichtem staub. der himmel dahinter fast grau mit einem stich vielleicht ins gelbe.
da den anfang des nachmittags ausmachen, das kann man nicht so leicht, zumindest er findet den faden nicht mehr. irgendwo im gelben staubhimmel, irgendwo in der küche, durch die jetzt das geräusch der kreissägenoma aus dem hinterhof dringt. ja, die kreissägenoma hält nicht still, mit ihr hat man sich zu beschäftigen, sie macht hier den entscheidenden lärm. „und was macht

sie mit all dem holz?“ – „sie stapelt es in ihrer wohnung, nehme ich an.“ – „kann man da nicht was dagegen machen?“ – „ach, alles schon versucht.“

er hätte ja gerne platz gemacht für ein anderes tier, doch es ist nicht vorbeigekommen, so mußte er es wohl selbst gewesen sein, dann aber hätte er gerne mehr gehabt von sich als tier, aber auch da ist nichts daraus geworden, nur komisch sah es sicher aus. de sade, denkt er jetzt, die mechanik des geschlechtslebens in buchstaben, die vorstellung von barocken tiermaschinen, die man aufeinander losläßt, kleine kopulation mit grauem schwanz und grauer vagina, klitoris. ja, das ergibt ein kompott aus echten stellen: und: „auswendig gelernt de sade?“ – aber nein, muß doch nicht sein. ist doch wie malen nach zahlen, ist doch wie statistik lesen und darauf reinfallen für immer, so würde sie es wahrscheinlich sehen – reicht doch so ein bißchen bewegung, würde auch er normalerweise sagen, doch das ergibt keinen rechten sinn heute nachmittag. und privatsprachen entwerfen auf einem privatterrain, nein, das darf nicht sein, hat sie beschlossen, weiß er bescheid: „gut, also schweigen wir.“

und so bleibt hier noch platz für fichtes erzählung von der siebzigjährigen mutti, der siebzigjährigen nutte, die springen mußte: hüpf! und sich die brüste über die schultern werfen. und sie hat es getan, ja, das waren noch zeiten! aber hier? nein, da bleibt nur noch platz für fichtes erzählung von der siebzigerjahre-nutte, die springen mußte, der ganzen sache eine andere laufrichtung geben, und hat es auch gemacht, hat es geschafft, aber wie?

– schweigen wir, liegt er da, lag sie da, inzwischen ist sie aufgestanden, blickt aus dem fenster. springt man danach immer aus dem vierten stock? und: folgen andere nach? oder macht man das immer allein? scheint sie nicht gerade zu fragen. *post coitum, omne animal triste*, so heißt doch jeder film heutzutage, doch hier ist nichts davon zu bemerken, nur ein wenig samen rinnt ihr langsam den schenkel hinab. auch das scheint ihr egal zu sein, das ist ihr völlig gleichgültig, sperma am schenkel, am kniegelenk, „du, mach das weg!" sagt man aber nicht, besonders nicht zum eigenen sperma, nein, man sieht einfach in die luft, man übersieht es besser. steht sie am fenster, streckt sich, gähnt. „sieht interessant aus, da draußen." – mein gott, wie oft hat man seinen samen weggewischt, heimlich am klo, vorsichtig, damit man ja nichts beschmutzt, in fremden wohnungen, hotelzimmern, toiletten, und jetzt: „sieht interessant aus, da draußen." so von hier, von hier aus hat man einen guten ausblick, ja überblick über den platz, die baustelle, nicht umsonst: vierter stock. orgasmus hin oder her, so sieht sie jetzt aus: ich geh jetzt, sagt sie auch schon. wer hat, der hat. hat er sich noch gedacht.

wenn man fickt, vermeint man doch was zu erleben, fremde räume bekommt man dabei zumindest zu sehen, andere wohnungen sozusagen, beinahe schon andere städte. daß sie so berlin kennengelernt hätte, würde sie nicht behaupten. und auch jetzt steht sie nicht wirklich vor neuen aussichten, sie tritt mehr auf der stelle. immerhin auch diesmal ganz sony-trunken das gelände da draußen, sieht sie, ganz sony-frisch auch seine hände, ja, und – bemerkt sie wieder einmal, das findet selbst hier drinnen kein ende: eine architektenwohnung kann man schon sagen, so aufgeräumt, daß es beinahe knallt. – das ist aber kein sex, hatte sie eben ausrufen wollen, was du da machst, das sind höchstens nebengeräusche, nebenentwicklungen unter der haut. richtiger sex sieht anders aus, richtigem sex muß man auch beiwohnen, hatte sie hinzufügen wollen, so wie er unter ihr lag und ein ernstes, beflissenes gesicht machte. doch so gut kannte man sich auch wieder nicht.

er sei zeichensklave, hat er auch gleich bekanntgegeben, altbausanierung und musterhäuser für gladow, in so einer klitsche zu dritt, einer, der rund um die uhr arbeitet, jetzt aber gerade mal zeit hat zu zeigen, wie die stadt so von oben sichtbar ist, und, das muß sie schon zugeben, man kann sie auch von oben sehen. „da hast du aber einen feinen ausblick!" wiederholt sie, und er grinst. gegenüber bauen sie eine reihe neuer häuser, „das ganze *engelbecken* wird ja neu gemacht", erklärt er ihr, mit ziergarten und zierteichen: zierfisch! – „bald ist es fertig", sagt sie zu ihm, doch er meint, nein, noch lange nicht. „das dauert mindestens noch zwei-drei jahre." – ach was! – aber ja!

doch sie weiß es genau, in diesem bebauungsberlin ist an bewegung nicht mehr viel drin, solide animalität, darauf kommt es jetzt an, fest in die hände spucken, und schon beginnt das tagewerk. mal ein bißchen eifer zeigen, mal ein bißchen grünpflanzen finden zum einheizen, mal ein bißchen in eine grünphase geraten und durchstarten mit 180 sachen durch die stadt, innerlich sozusagen, ja, nicht immer nur äußerlich sein, aber trotzdem mal ein bißchen das eine bein heben und strecken, das andere aber dabei unten lassen, standbein und spielbein beim sex muß sein. de sades fotoapparat ist heutzutage ganz schön abgeschafft, auch hier drinnen herrschen die idiotenaugen, wildes gemüse, das keine grenzen kennt, das keine optik hat, nichts mehr versteht von kontrasten, tiefenschärfe – hast du töne! ohne mich!

wie hat es angefangen? – ach du meine güte, eine erhebung in der landschaft ist man ja schnell als frau, mit haut überzogen von kopf bis fuß, innen materie, außen materie, was bleibt einem auch übrig, grenzen gibt es anscheinend keine, absolut dicht ist man eben nicht, so reden sie ja alle, sie aber pfeift darauf, tut so, als ob – tut so, als ob sie selbst könnte – jedenfalls fürs geschlechtsleben optiert haben sie wohl beide wieder einmal und stehen jetzt wieder da und sehen hinaus auf den ganzen film, der sich da draußen abspielt. erzählt er da: vor „noch nicht allzulanger zeit" habe da eine wagenburg gestanden. – davon sei ja nichts mehr zu bemerken – ja, immer weniger, sagt er, „da ist eine menge am verschwinden in dieser stadt."

verschwunden sind im augenblick jedenfalls die sterne, ja, nichts mehr zu sehen von den neonsternen, die sie vor einer halben stunde noch an der wand neben dem bett entdeckt hat, denn es wird hell. hat er erklärt, die seien von seinem sohn. – aha, hat sie gemeint, und wo ist der jetzt? – die antwort hat sie aber nicht verstanden, denn er lief gerade ins bad, um sich zu waschen, und dann hat sie vergessen nachzufragen. und jetzt? macht er etwa seine innentiere schon wieder auf, machen seine innentiere wieder was her? aber nein, er schläft jetzt einfach ein.

und so bleibt platz für kathy ackers geschichte von der abtreibungskünstlerin aus dem eastvillage und von dem geld, das so etwas kostet, und wie beides in den achtzigern zusammenkommt, denn beides muß ja zusammenkommen, vielleicht durch sponsoring? – aber nein, auf diesem gebiet ist sponsoring auch heute noch nicht wirklich drin. bleibt also platz für die geschichte der abtreibungskünstlerin, der man gesagt hat: geh! und sie ging durch die wand. und ging sie und kam an.

fragt sich nur wo? hier liegt nur er da und schläft, und sie seufzt, ja, eine kleine liebesgeschichte von der linken in die rechte hosentasche wandern lassen, behaupten, es sei nur so ein kieselstein, den man zum spaß mit sich rumtrüge, so sieht der kerl aus, das würde ihm passen. so ein sommermorgenfrischling in seiner frischlingswohnung hier im vierten stock. unten die welt, hier oben der kieselstein, mitten ins architektenfleisch gefallen mit keinem verfallsdatum obendrauf stehen, doch wie daneben, weiß sie, zieht sich an und geht.

wenn man fickt, vermeint man was zu erleben, da steht ganz groß „gebucht" drauf, der direktflug ins andere gesicht. doch man stellt ja schließlich kein naherholungsgebiet für andere dar, sicher, einen direktflug buchen von heute auf morgen, nichts leichter als das, aber keinen schritt weiter. denn „ist doch alles fertig", hat sie eben am telefon gemeint – „das glaubst du!" ist er plötzlich lautgeworden. „das ist komplett deine meinung!" nicht, daß er geschrien hätte, nein, sowas würde er nicht machen, er hat eben nur keine zeit mehr, er hat schließlich zu tun und keine zeit zu verlieren. sie aber hat bloß aufgelegt, und jetzt bleibt nur der lärm der kreissägenoma übrig, die gerade wieder mal eine neue offensive startet, wie man so sagt, sie übt den lärm allein aus, sie läßt nichts übrig für den rest der

welt, sie verputzt alles, meint er, da kommt man einfach nicht gegen an.
selbst die autos, die über das kopfsteinpflaster fahren, nehmen sich recht leise aus an diesem morgen, an dem durch das fenster noch immer zu sehen ist, wie an einem ort gebaut wird. eine menge an orten ist ja in dieser stadt im entstehen, an denen man dann dinge sagen kann wie: „mir ist die sexuelle atmosphäre nicht ganz entgangen, die zwischen uns herrschen soll, dieses hüben und drüben, dieses vertreten von äußersten energien." und sie glaubt ihm nicht, und er glaubt ihr nicht, und so kommt es wieder zu nichts. unbeschreiblich geschlechtlich ist man umsonst geworden, da wollte man sich zusetzen, da wollte man sich aus seinem zusatzschweigen bekommen, doch nix nix ist geschehen, nix nix wird geschehen, als daß man sich um eine sekunde verfehlt.

ganz schön blöd, zu so einem kreissägenlärm mit einer erektion rumzulaufen, hundsmüde – „nicht schon wieder" zu sagen, denn es ist nicht angenehm, zu müde zu sein. ganz schön blöd, die geschichte von dem mann zu werden, der morgens mit einer 90er-jahre-erektion im zimmer herumläuft und nicht direkt was sucht, aber auch nichts sein lassen kann, aber schon jetzt weiß: die ausbildung der fünf sinne ist ein bis in die gegenwart reichendes projekt, und ständig kann zuwachs kommen, doch in dieser wohnung heute mit sicherheit nicht.

er ist älter geworden. „ich höre jetzt alles", sagt er, „und verstehe es auch." er glaubt sich auf sicherem terrain, er fällt auch nicht mehr auf jeden witz so leicht rein, man muß also aufpassen, was man sagt. er ist älter geworden. elf jahre, heißt es, doch das ist noch nicht sicher, das muß er erst beweisen. tut er auch! und treibt es schon wieder weiter mit größe, motorischen fähigkeiten und wissen. jetzt mit elf jahren kann er sich schon eine menge erlauben bzw. ist er schüchtern geworden. er hat schon seine großen füße, aber weiß sich kaum damit zu bewegen. ja, bald ist er kein kind mehr, bald ist er ganz was anderes, noch ist nicht entschieden, was, aber bald kann man es als ausgemachte sache betrachten. nur heute erscheint es eher so, als ob er zurückfiele in alte schichten, er wird jetzt kindisch: holla, der will sich mehr nach rückwärts als nach vor bewegen! doch der komet muß durch ihn durch, wie man weiß, auch er kennt ihn schon aus dem comic und wird trotzdem von ihm erschlagen.

doch zunächst noch das zimmer. ausblick auf das engelbecken: „bäumchen hihi!" hat er plötzlich gerufen und sich gebogen vor lachen, direkt abgeknickt ist er dabei, „was für ein bäumchen!" und hat sich übergeben vor lachen, „bäumchen kkkhhhkkhh", keucht er jetzt, „das gibt es doch nicht!" und auch christoph grinst zunächst mit, mehr über ihn als über die kleine, verkrüppelte pflanze, die man auf den platz gesetzt hat. parkbeginn! einen augenblick später sieht christoph das aber anders: „jetzt beruhig dich mal wieder." – „mensch,

mach nicht so ein theater!" – „hey, hast du nicht gehört!" doch der hat nichts gehört, der will nichts hören, hören ist überflüssig, hören ist gar nicht angesagt.
„ey! ich rede mit dir!"
schon ist die situation eine völlig andere: ein vater steht jetzt vor seinem sohn, hockelt sich vor ihn hin: „hast du mich verstanden?" das radio im hintergrund. die küche, jemand telefoniert. „ey, hast du mich verstanden?" – „ich hab dich was gefragt", setzt er nach. wartet. schnellt wieder in die höhe: „verarsch mich nicht, hörst du!" die pflanzen, das radio, das sofa, darauf die zeitungen, halb zerknüllt. legoteile im waschbecken in der küche: „die kannste auch einmal wegmachen", wird er später hinüberrufen, vorerst heißt es aber: „geh in dein zimmer." der junge steht noch eine weile da, starr, mit dümmlichem grinsen auf dem gesicht. wartet. dann hebt er leicht den kopf, wechselt den rhythmus und trottet als kleiner idiot ins zimmer.

er ist älter geworden, er kennt jetzt die zeiten in- und auswendig, er beherrscht die vorvergangenheit genauso wie die zukunft, er hat auswendig gelernt die konjugationen in allen richtungen. abwarten und teetrinken ist es nicht, was er vorhat. er wird wieder auftauchen, ein bißchen später, wenn die beiden männer am tisch sitzen, die zeitung studieren, zwiebel schneiden, abendessen machen: „diesen tag kann ich ganz vergessen!" wiederholt christoph – „na, na", meint bernd, während er in seiner zeitung rumstreicht. bin eigentlich gar nicht vorhanden, so sieht der junge aus, als er wieder auftaucht. – „ab ins zimmer." und als nichts kommt: „du sollst in dein zimmer gehen, habe ich gesagt!" – „laß mal", mischt sich jetzt bernd ein – „ach, der verarscht mich doch die ganze zeit schon!“ christoph steht auf, verläßt den raum, schmeißt die tür zu. der junge aber starrt noch eine weile weiter an ihm vorbei, richtung wand, begibt sich dann zum waschbecken, spielt mit einem wassertropfen.

draußen fällt eine entscheidung nach der anderen, erfährt man aus dem radio, während hier drinnen gar nichts entschieden wird, sie treten auf der stelle, sie kommen aus diesem abend nicht heraus, es ist buñuels würgeengel, aber in einer anderen, kleineren variante. quasi als shareware: nur level 1, nichts darüber. da ist nichts zu machen, denn „lassen sie sich registrieren“ steht vor der nächsten ebene, und registrieren lassen sie sich schon lange nicht mehr.
draußen die halbfertigen neubauten, die man hier um den platz baut. der shoppingmall. abgerissen: die alte halle, die backsteinbauten. bebaut: der ex-mauerstreifen, das brachland, verschwunden die wagenburg. – und was war so schön an der wagenburg? fragt bernd nicht, denn er telefoniert schon wieder, christoph liest. und sein sohn: selbiges im kinderzimmer. comics auf zimmertemperatur bringen, ein heißes unterfangen, doch in einer halben stunde werden sie hier am tisch sitzen und essen, als wäre nichts gewesen.

nicht vor noch zurück bewegen sie sich, der abend wird immer länger, die sonne teilt sich schon entzwei vor lauter stillstand. – sag zu den obstfliegen guten tag! – nee! auch die stehen schließlich still. nur der junge nicht, der inzwischen seine legos fertiggewaschen, sein comic ausgelesen, sein abendessen gegessen, seine befehlzeile: „ab ins bad!“ empfangen hat und nun zurück ins zimmer gleitet. auf den boden, legos sortieren.

„das kannst du auch morgen machen!" ignoriert er die nächste befehlszeile, das hat er vom computer gelernt. der macht auch nie das, was er will, erzählt er bernd beim spielen, die englischen befehle, erzählt er ihm beim *flugzeugquartett*, einem langweiligen spiel mit nichts dahinter, keiner strategie, nur endloser wiederholung. „hast du ihn gefragt, ob er das spiel überhaupt spielen will?" hat er natürlich nicht, trotzdem nickt er. – „du kannst nicht einfach über andere menschen bestimmen, was sie machen sollen!" meint christoph dazu, und es stimmt, fällt jetzt auch bernd auf: hat er ihm nicht die karten in die hand gedrückt und gesagt: „los! du bist dran." – „und du", so christoph aber schon zu ihm, „kannst dich ruhig mehr gegen ihn wehren." er schämt sich. hat er sich also wieder nicht gewehrt, hat er wieder keine autorität bewiesen, ist er also wieder kein kompletter mensch. müssen sie jetzt wieder von vorne anfangen? – aber ja!

nicht vor noch zurück, das ist eben die situation. bernd sagt, er müsse jetzt los, was er halt immer sagt, christoph schaut auf die uhr und seufzt, er wird gleich den abwasch beginnen, der junge kommt aus dem zimmer und tut so, als wäre es nachmittag. „marsch, marsch ins bett!" sagen beide zu ihm. gleich wird bernd gehen – aber nein, „du bleibst da!" – man kehrt hier nämlich immer schneller zurück zum nachmittag: schon wieder sitzt der junge im großen zimmer, das notebook auf den knien balancierend, das die wichtigen spiele enthält. herumhippelnd, das notebook beinahe zu boden schmeißend. keine idee von absturz, keinen respekt vor mikroelektronik. von neukonfigurationen redend und von virenprogrammen, und man glaubt ihm zunächst alles aufs wort, bis man draufkommt, der kann doch

kein englisch: „ach, du kannst ja noch kein englisch!" – „na und?" meint er, er könne es eben so erkennen, erklärt er, „da brauche ich nicht gleich eine ganze sprache dazu."
wieder seufzt christoph, wieder weiß er nicht weiter, schließlich benötigt er dringend einen job, „self-extracting arbeitszeit, das wäre es, aber auf solche gedanken kommen sie ja nicht." hier aber bricht immer nur die nacht an, und diese nacht baut sich immer schon eine zweite nacht, in der sie verschwindet. und eine dritte, vierte, das hört nicht mehr auf. darin der rhythmus der nachrichten, die reinkommen über inforadio, die sachlichen sprecherstimmen, die informationen, die einen in sicherheit wiegen.

irgendwann werden sie aus der engelsstarre erwachen, irgendwann wird es soweit sein, dann taucht einer auf, den niemand kennt, der steinerne gast sozusagen – nebenbei fallen doch immer engel ab, ja, engel tauchen wieder auf momentan, an allen ecken und enden, zumindest wird ständig auf sie gezählt. so nicolas-cage-, bruno-ganz-engel, engelserscheinungen will schließlich jeder zweite gesehen haben, neben marienerscheinungen sind sie am häufigsten zu verbuchen, besonders da, wo's brenzlig wird.
– wie?
– na, wo doch immer mehr aussteigen!
– wo steigen immer mehr aus? fragt er.
„ab ins bett!" sagen aber schon wieder die beiden männer zu ihm. nur noch acht seien sie jetzt, hört er gerade noch silke sagen, „und dann die auflagen des senats!" – zurück im bett weiß er wieder bescheid: silke, und wie sie von ihrem besetzten haus in friedrichshain erzählt – ist doch nicht mehr besetzt!

– ach so?
– aber ja!

er ist älter geworden, nur so richtig rauskommen tut das heute nicht. auf die staubigen blätter der pflanzen malt er inzwischen seine zeichen. beschriftet sie, liest sie und weiß dann, außerirdische waren da. zwischendurch fragt er bernd, der wohnungsanzeigen liest: noch immer nichts gefunden?
– nee!
– und warum bleibst du nicht hier wohnen?
– machst du witze, hier in dieser winzwohnung soll ich bleiben?
– winzwohnung! kreischt der junge: sind doch drei zimmer. und wir brauchen nur zwei.
– das denkst du!

schon wieder sitzt er drüben, das geht jetzt immer schneller, schon sitzt er drüben mit dem notebook, das die wichtigen spiele enthält: *simcity, orion, siedler.* – „simcity ist schon klasse", hat er eben erklärt, hat er erst erklären müssen, wie man städte baut: im ganz großen rahmen. im ganz großen rahmen, hat bernd dann nur verstanden, befindet der sich jetzt.
– quatsch, gar nichts hat bernd verstanden! der hat ihm nicht mal richtig zugehört!
und auch christoph nicht, der ihn jetzt fragt, ob er nicht irgendein spiel kenne, mit dem man auch auf dem boden bleiben kann. dabei spielt der es selbst gern. er kennt ja überhaupt niemanden, der simcity nicht gerne spielt. „kennst du jemanden, der simcity nicht gern spielt?"

doch keine antwort. wie gut, daß es das radio gibt: auch heute kommen nachrichten rein. und siehe da,

gestrandet ist man nicht nur selbst, sondern auch die eu-außenminister. und die polizei hört alles ab, so über den computer machen sie das jetzt, so übers fernsehen, weiß er: „die dürfen das jetzt!“ die in der küche winken aber ab. interessiert sie nicht. sitzen sie, trinken ihr bier, erzählt silke wieder von ihrem haus, wie jeden abend erzählt sie von ihrem haus und ihrem punk: ein vierzehnjähriges punkmädchen, das von zu hause ausgebüchst ist, so eine warschauerbrückenexistenz, die immer wieder bei ihnen auftauche, um sich zu duschen. da habe sich so was wie ein verantwortungsgefühl ergeben. vor einer woche sei sie sogar mit ihr hier in der wohnung gewesen, gesteht sie, ein treffen veranstaltet zu haben in dieser wohnung so zwischen mutter und tochter, so vormittags, so auf neutralem boden –
„na, ihr wart doch sowieso nicht da.“
erzählt sie von der begegnung der mutter mit der tochter, erzählt sie von der mitleidstour, mit der die ihr gleich gekommen sei, so eine alkoholikervisage – hat sie das gesicht der mutter gestartet, und hat sich so ein gesicht einmal gestartet, setzt es immer wieder von neuem ein.
sie erzählt den zusammenprall von mutter und tochter. wie die mutter schon am eingang zu heulen begonnen hat.
wie die tochter sich sofort ins bad eingeschlossen –
wie sie die mutter gebeten hat, doch aufzuhören, man habe doch vorher beschlossen, sie dürfe keinen emotionalen druck ausüben – „doch die stand nur völlig aufgelöst in der tür, und natürlich brach alles aus ihr heraus, was man nicht hat wissen wollen.“ silke habe auf sie eingeredet, daß man sich schon was überlegen müsse, in welchem rahmen das weitergehen solle, und habe die mutter wieder runterbegleitet, die mit einem

male wieder ruhig gewesen sei und völlig abwesend gesagt habe: „ja, so ist es nun mal.“ habe sie gesagt, und: „so war sie aber nicht immer, müssen sie wissen.“
– ach du meine güte! christoph lacht.
jedenfalls sei das mädchen seither nicht mehr bei ihr aufgetaucht.
– vielleicht hält sie sich hier noch versteckt? sagt der junge, der plötzlich im türrahmen steht.

er muß es wissen, alt genug ist er ja, beinahe ausgewachsen, beinahe erwachsen, könnte man sagen. er behält jetzt immer recht. – du machst wohl witze, sagt christoph zu ihm, doch er hält das für keinen spaß. im gegenteil, das ist echt anstrengend, weiß er zu berichten, so mitten aus dem großem zimmer. die pflanzen, die anlage, das sofa. immer schneller treten wiederholungen ein, immer mehr wird zeit verbraucht. doch christoph glaubt ihm das alles nicht. daß es nicht weitergeht, glaubt er ihm nicht. daß sich nichts bewegt. glaubt er ihm nicht:

plötzlich sei sie in seinem zimmer herumgestanden, habe gesagt: „du hast dir ja ein richtiges versteck eingerichtet!“ er hat ihr eigentlich schon längst alles erklärt. wie sein zimmer funktioniert. allein das bett! allein die legobaustelle! das müßte sie doch noch wissen vom letzten mal. doch sie hat nicht so ausgesehen. sie hat nur so getan als ob.
und dann ist sie plötzlich wieder verschwunden. einfach gegangen.
so. so.

„ja, wie die privaten seiten an kindern durchschlagen können!“ lacht jetzt drüben christoph. dann folgt eine weile nichts. gottseidank das radio, er dreht schon wieder. „inforadio. dann kann ich besser einschlafen“, hat er sich eben selbst erzählt. – „wie wird es weitergehen?“ hört er plötzlich eine ängstliche stimme drüben flüstern, und er allein weiß die antwort, gibt sie aber nicht preis.

er ist älter geworden, er kann schon wahrsagen, voraussagen, er beherrscht die zeiten prima. plusquamperfekt und futur 2, etwas wird gewesen sein. prima vorstellung, sagt er sich, doch das ist einfach nicht wahr – nichts löst sich auf, alles bleibt da.

– drei tage ohrensausen: mensch, war das'n konzert!
– drei tage lang die geräuschwand innen drinnen, auch eine erfahrung: ist wie ne extra wand in deinen gehörgang eingezogen, die rauscht nur, und nah- und ferngeräusche werden von ihr säuberlich getrennt –
– na prima, dann weißt du wenigstens, wo du stehst.
– drei tage ohrensausen – du, so was beschäftigt einen, da muß man doch nachdenken drüber.

– mensch,
das war eben so ne richtige lärmdestille, das war eben die volle lärmfraktion: dieeeses publikum – ihr langweiligen berrrliiiner, rief der sänger aber immer wieder und meinte wohl die da unten und meinte wohl marsmenschen. doch es half nichts, die standen ne ganze weile bloß rum. so'n bißchen pogo und das wars dann? nee, nee. nicht mit ihnen! doch langsam kamen sie dann raus aus ihren löchern gekrochen, diese punkmaschinchen, wo alle räder klappern, wo alles knarzt und im grunde auseinanderbricht, denn so voll aus öl bestehen die ja nicht, nein, wohin man blickte: ausgerissene gesichter, aus der dunkelheit herausgerissene gesichter, lärmbereit. und vorne riefen sie immer wieder nur: go! go! go! und keiner wußte wohin – „bewegt euch mal!" und schwenkte der auf der bühne sein t-shirt in der luft, und schwenkte er sein mikro und schnappte es wieder und atmete tief hinein, als obs da drin was gäbe, und gabs auch was: da hockte die gegenwart, da drin und nirgendwoanders. ging sein zeigefinger nach unten und wieder nach oben: ganz ganz

böse. – mein gott, was soll man zu punk '98 noch sagen.
– du mit sicherheit nichts.
– jedenfalls hatte man so seinen spaß: tekkno-punk, das ist elektronik ohne bart. in authentischer bewegung sozusagen.
und nicht nur auf meinem t-shirt stand: knall auf fall. und die gegenstände fingen an zu jucken (sie sind alle bürgerliche-presse-bereit, also schafft sie ab in diesem text!). das mischpult seltsam mitten im raum, doch vorne immer noch die bühne, an deren rückseite das transparent mit dem band-logo, sonst alles uv: schaltpläne. ich sag dir, die bringens echt, eben die wilde technikwelt. doch der hintere teil ist leider ziemlich shop-intensiv geworden mit bar, garderobe und süßwarenteil, dazwischen radikalanimationen an menschen, stießen einem die ellbogen rein.
in die geräuschlücken rein schrie man sich was ins ohr. in die geräuschlücken rein das bier.

klicken.
mindestens 40 grad hatte es, es roch nach schweiß, rauch, alk und lärm. kollaps, ein wort aus den achtzigern, ein zombiewort, dagegen half nur eins:
pan tau!
hier dreh deinen hut und verschwinde, mußte jemand zu mir gesagt haben, denn ich war tatsächlich auf dem weg nach draußen. eben voll die flucht nach hinten, hinausstolpern aus der geräuschwand, raus in die laue kreuzberger nacht, zwischen den plakatwänden, hunden und flyerverteilern sich postieren. sich auf einen pkw setzen, ausatmen. doch dann hörte man sie schon wieder, diese väter, wie sie eben so über ihre kinder reden: daß die superinformiert seien, im grunde über alles

bescheid wüßten. die kriegten einfach alles mit – er sage nur: inforadio, den ganzen tag! sage er nur, eine echte plage, man wüßte gar nicht mehr, was man ihnen auf ihre fragen antworten solle. so der pressemensch mit seinen geschlossenen ohren. algerienfraktion.
– noch auf'n bierchen?

und in der oranienstraße schneit es auch heute nicht, es verglühen keine kometen, pardon, meteoriten über uns, kein niederschlag weit und breit, nicht einmal der lindenblütenregen, den man ansonsten in der stadt antrifft, mangels der bäume. ja, die berühmten berliner lindenblüten, die vom wind sogar in hausflure, auf windschutzscheiben, balkone, auf den landwehrkanal getrieben werden, sie fehlen hier, ebenso der immense duft, der seit tagen die stadt besetze, finde hier sein ende, behaupten die hardcore-typen, sie sitzen immer noch vor dem *franken*. bierbüchsen wie schiffe in der hand. kleinere hafenangelegenheiten werden besprochen. (subsistenzwirtschaft?)
– also, was ist jetzt? – ist ja schon gut, ich komme schon.

reden die schon wieder über fußball, zumindest sieht sie schon wieder so aus, wie sie ihr gesicht verzieht, wie sie ihren typisch verquälten ausdruck dazu aufsetzt. dieses du-stehst-wohl-nicht-drauf-gesicht als einzige möglichkeit, sich kommunikativ einzuschalten von ihrer seite aus. und so können die beiden männer, die auch nicht mehr recht ins rennen kommen, sich wenigstens über ihren unmut lustig machen. schon funktioniert es, das pärchen auf nettokurs. er mit bier, sie mit wein, alltagsästhetisch voll vorhanden. gemeinsam weiß man, wohin man gehört. kurz: langeweile auf beiden seiten, da braucht es einen dritten, damit man sich wieder aufbauen kann zu einem gegenüber. und am besten eine vierte, doch von der fehlt vorerst jede spur, aber kommt schon noch.

– jedenfalls gilt: was mal der k-gruppe angehörig, ist jetzt beim bundesverband deutscher industrie. was einmal beim ddr-widerstand, ist jetzt in einer bürgerrechtsbewegung, die sich als cdu fotografieren läßt.
– so so.
– ... ja, das linke spektrum hat sich eben verzogen.
– quatsch, eine linke gibt es doch in deutschland seit ewigkeiten nicht mehr.
– oho.
– in rom gehen auch heute 100.000 menschen auf die straße gegen den krieg.
– in graz hat die kp 7%!
– oho.
– na, spiegel-tv-fähig ist man deswegen noch lange nicht.

die stadt war ja eine zeitlang grundsätzlich spiegel-tv-fähig, doch die fetten jahre sind vorüber, nur an manchen stellen kommt man noch mit knopfdruck auf einen andern planeten, nur an ganz wenigen bleibt der bodenkontakt zu diesem hier.
– fußballschreie sind trotzdem zu hören, findet sybille, ja, man wird auch hier über jedes tor gründlich informiert, selbst im *würgeengel* liegt bierhoff am boden und will behandelt sein, selbst hier sitzen die schnellen kaugummikauer, die ganz schnellen biester: schnellbrüter, sagt man zu ihnen, auf der auswechselbank. denn es sind zeiten, in denen günter netzer permanent im ersten kommentiert. – „es gibt schleichwege", sagt carsten zu ihr, „es gibt schleichwege im fußball, die kennst du eben nicht!" – ja, ja, und die beschreiten jetzt alle! von allen seiten hört man erneut jubelschreie beim tor, beim jeweils entscheidenden tor in der 70. minute. und böller werden abgeschossen, raketen, und klinsmann und bierhoff strahlen: berti vogts stoppt. – (der anderen seite des mondes zugeschlagen werden, das passiere ihr jetzt schnell.) – pssssst! schon kommen die answers aus dem all:

„2:2 – dieses spiel hat spuren hinterlassen.
dieses spiel gibt anlaß zum nachdenken.
dieses spiel kann nicht zufriedenstellen."

der rest ist purer kosmos: „also – zufrieden sein kann man mit sicherheit nicht. ich sage mal" – „sscchht!!" – „defensiv wars ja gar nicht so schlimm." – und: „wer hat dich überzeugt?" allein man weiß es nicht. nicht wirklich jedenfalls, da ist auch nichts zu entdecken, ein langweiliges spiel! so jedenfalls verlaufen die stimmen, verlaufen sich in diesem kneipenraum.

in kreuzberg findet eine überfahrt statt, hier ist ein schiff unterwegs, das dauert schon zwei wochen, und zwei weitere werden es noch, dann ist man angekommen. fragt sich nur wo, fragt sich nur wie? und carsten weiß es schon, er ist für brasilien, die haben noch eleganz im spiel, und stefan, der redet schon wieder weiter von den errungenschaften der moderne, sagt seinen adorno auf, gleich nach dem spiel setzt er wieder an: „sich nicht dümmer stellen, als man ist." und: „errungenschaften", wiederholt er seine losung, und sybille weiß wieder nicht recht: das glaubst du doch selbst nicht?

– wieso?

– so kann man doch heute nicht mehr rangehen.

stellt sich wieder einmal heraus: während sie längst ihre postmoderne herausgefunden hat, bleibt er in so alten begriffsmänteln stehen, so „ästhetische rückständigkeit als index historischer unwahrheit". „und", setzt er vorsichtshalber hinzu: „das gilt auch heute noch." doch nichts da! stellt sich wieder einmal heraus: mag er auch in so alten begriffsmänteln herumstehen, sie hält es schon lange in keinem mehr aus. und so ist es einen augenblick still, was passiert denn jetzt? scheinen sich alle zu fragen, aber meist kommt der tagesspiegelmensch von allein rein: „sinatra tot – wer will den tagesspiegel? wer will den tagesspiegel? frank sinatra gestorben!" und sinatra-wolken hüllen alle einen augenblick lang ein, bis carola erscheint, sich setzt und fragt: „wie war das spiel?"

später wird sybille zu carsten sagen: „also weißt du, der stefan kann ganz schön anstrengend sein." und carsten wird murmeln: „ja, ja." vorerst aber reden sie wieder über fußball, und sybille macht das komplette gesicht dazu.

– brautraub, sagt sie nochmal und kichert noch immer nicht, verzieht nicht einmal den mund: und dann veranstalten wir einen brautraub, wiederholt sie und sieht immer noch ernst aus: was anderes kann man ja gar nicht machen. sagt sie und lächelt jetzt leicht.
– und wird ihr nicht komisch werden, wird sie sich nicht seltsam vorkommen – ich meine, warum macht die das? die steuern?
– nein. sagt sie zum zweiten mal.

heiraten geht jetzt wieder, heiraten ist wieder angesagt, das tun jetzt viele. und wie geht das? ganz einfach, was man dekonstruiert hat, setzt man wieder zusammen, nur eben versetzt mit dieser ironie, die man jetzt so hat. sie sehen dabei sommerlich aus, unmenschlich nicht gerade, nein, tragen dabei ihre kleidung, ein wenig hip, ein wenig nachlässig, die richtige mischung eben – und wer ist daran schuld? etwa susanne? ja natürlich susanne, sie steckt dahinter, denn was macht sie denn sonst außer ehen stiften? verhindern tut sie es jedenfalls nicht gerade!
– was soll man auch machen, wenn die diss nicht weitergeht, gibt sie langsam zu.

neue ehen und kinder sind jetzt im kommen, überholen einen von links und rechts, und wir stehen im *zosch*, glauben, punks vor uns zu haben, glauben mit punks ausgestopft zu sein, in alle himmelsrichtungen, doch das ist nicht mehr so sicher. denn auch modische zeichen tragen heute keine bedeutung mehr, weiß susanne

bescheid. – wenn nicht die, was dann noch? werfe ich dazwischen. – nein, schüttelt sie den kopf, unserem aussehen sieht man nichts mehr an, das waren die achtziger, versichert sie mir: ja, du kannst mir schon ruhig glauben, sagt sie, zwischen gesten und deren inhalt besteht kein notwendiger zusammenhang.
– zuviel luhmann, meine ich, und sie grinst jetzt doch: möglicherweise.

auch eine stunde später sieht man ihr das grinsen nicht wirklich an, wie sie in ihrem sommerkleid und dieser geradeaus-haut ihren ex-freund beobachtet, wie der theater macht. rund um sie seltsame literaturwissenschafts-bohème. frauen aus mehreren sprachen, männer machen höfliches theater, und die kinder heißen alle derrida. höfliches theater in einem eckladen in der gartenstraße, auch sowas muß es geben.
danach steht man ein wenig auf der straße, steht man so ein wenig herum. danach tauchen die beiden auf: unterwegs zu narkotika sind sie schon längst. unterwegs, und „tiramisu!“ schreit die braut, „kiffen!“ der bräutigam, sie hocken auf fahrrädern, und es ist halb zwölf uhr nachts in der gartenstraße, und die ruderleibchen sind noch immer nicht ausgewachsen, und das bommelkleidchen steht immer noch nicht fest. man verfügt ja auch über fahrräder aus aluminium, fahrräder aus leichtmetall, die kann man schon mal zur s-bahn hoch-, schon mal zur u-bahn hinabschleppen. „wir sind schon überall gewesen“, erzählen sie atemlos, wie unglaublich es sei: kein tiramisu! den ganzen kiez abgesucht, aber nein, da war nichts, der ganze kiez ratzeputz kahlgefressen, was tiramisu betrifft.
– wie kann das geschehen? fragen wir besorgt, doch braut und bräutigam segeln schon längst wieder davon

in ihre nacht, lassen nichts übrig davon für uns. die leute sind heute eben nicht nur part-time-bodies, part-time-stoned, wie es immer heißt, sie sind ganz schön aufgedreht – sicher, mehr manie und hysterie als eine ordentliche halluzination heutzutage, doch morgen hat man dann leicht reden von „richtig was los gewesen in mitte".

zurück bleiben wir, zurück bleibt susanne, die die brille jetzt leicht nach oben schiebt, mit ihren langen fingern die optik verschiebt, das maschinchen im kopf usw. – rund um uns paarstellen, die immer nur aufzählen, kalorienzählen, kilometerzählen, sekundenzählen. abwarten. das macht einen doch nervös – doch susanne, in ihrem couragehirn nicht eben abgeparkt, aber deswegen noch lange nicht unordentlich, schwenkt ihre bierflasche leicht hin und her in genau zwei richtungen, wartet, als ginge sie das alles nichts an. ist das susannes äußerster kraftaufwand beim verschwinden, mimikry betreiben, untertauchen? und was weiter? frage ich sie, respekt vor der entscheidung anderer? – „ja, das geht heute ins unermeßliche." susanne lacht.

eine weile noch sehen wir zu, wie das geht: denken und handeln und wie das auseinanderfällt, doch plötzlich ist sie weg, verschwunden, ist mir entwischt. zurück bleibt die bierflasche, zurück bleibe ich mitsamt ihren freunden, diesem neuen dienstleistungsproletariat, wie sich bald herausstellt: sportliche strecken sinds, die man beruflich zurücklegt. für kein geld arbeiten die, für gar kein geld. das wird im beruf heute auch nicht mehr verdient, mehr so in außenräumen, die man irgendwie miteinbezieht. man bastelt eben so an seiner biographie, steckt die ein wenig ab mit bunten fähnchen, so ehefähnchen, so zur orientierung, beginne ich zu verstehen – und schon setzen sie wieder einen hochzeitstermin fest, setzen dabei ihr eigenes britisches theater fort, und über allem schwebt leichte ironie, die bewegt sich immer mal wieder auf die sechzig zu, ist immer mal wieder ganz kind.

seitenstreifen

wie viele autos nachts am seitenstreifen stehen. in wievielen am seitenstreifen geparkten autos sich nachts menschliches regt, und man weiß nicht, wozu das auto ihnen dient.
– kontaktaufnahme?
– ja, aber warum?
– vollmond!
tatsächlich, blickt sie zum himmel.
– und die leute auf den parkplätzen?
– welche leute auf welchen parkplätzen?
– du wirst mir doch nicht weismachen können, du hättest noch nie menschen nachts auf parkplätzen stehen und reden gesehen?

mit hendrik unterwegs durch die juli-nacht. wie die wieder erfinden, ist sie mal vorüber? nicht erfunden werden muß dagegen die golf-gti-nacht, die gibt es nebenan, die gibt es 500 meter weiter, auch auf dem mittelstreifen der straße der pariser kommune, an der frankfurter allee, auf dem parkplatz vor dem palast der republik stehen sie und klappen ihre hecktüren hoch, drehen die musik auf und stellen sich dann hinten um ihr eigenes bier an. fünf junge männer aus beelitz, aus fürstenwalde, oranienburg mitten in der stadt! das wummern der bässe ist ihr akustisches fähnchen, das sie in den boden stecken: mondlandung? – nicht direkt. das wummern der bässe auch in vorbeifahrenden autos gibt aufschluß darüber: musik hat sich bei ihnen ganz schön angestaut. die paßt einfach nicht in ein auto, da wird heftig an einer aura gebaut.

nicht erfunden werden müssen die strecken, auf denen sie langfahren, die jetzt ihnen gehören. auch die stauen sich an und müssen schnell raus. immer wieder. doch zu einer weiteren sichtbarkeit des problems will man lieber nicht gelangen.

aber ist das überhaupt ein ästhetisches problem? er findet „naja". sie ist da anderer meinung: „ach, bis nach mitte kommen die nicht." – „hast du eine ahnung." doch sie behauptet steif und fest, bis nach mitte kämen die nicht und schon gar nicht nach kreuzberg, „nein, nach kreuzberg kommen die uns nicht!"
– und wenn, dann für nicht sehr lange.
– und wenn, dann sind wir aber weg aus dieser stadt.
– aber hallo.
ja, mit hendrik durch die juli-nacht. so leicht macht ihnen das keiner nach.

und fangen schon wieder mit ihrem t-shirt-shuttle an, die beiden, ziehen sich schon wieder aus, wechseln ihre kleider ständig. haben so einen t-shirt-shuttle angefangen, wie sich das gehört für das alter: hin und her geht das schon eine ganze weile. wie die kinder! kleider tauschen und dabei auch noch kichern, als ob das funktionieren könnte, kichern, und alle sehen her. ja, kichern, und die männer glotzen – das wollen sie doch, oder etwa nicht? kichern, und die uhr gibt nach. wollt wohl, daß sie rückwärts geht?

– aber nein, hiergeblieben! wo geht ihr denn hin?

– mensch, ihr seid doch total betrunken!

muß ich etwa aufpassen, daß ihnen nichts passiert? „aber nein“, sagt jan, „die reagieren ohnehin nicht.“

– deine neue freundin? frage ich also ihn.

– machst du witze? das sind die kinder von unten, erinnerst du dich nicht?

– kinder von unten, daß ich nicht lache, meint auch robin hinter mir.

jetzt aber wahlergebnisse! wahlergebnisse bei robin in der küche der alten wg, da steht der fernseher, da liegt der zeitungsberg, der berühmte zeitungsberg von robin in der küche, da saßen wir eben noch und warteten ab, und alles „lachte“. na, 1:10-wetten sind es nicht gerade, die man gewinnen kann, vermutete ich und wurde gleich „mit blicken gestraft“ – jedenfalls kleines beisammensein bei robin in der küche, und grete erzählt von ihren klienten und norbert von seinem abm-vertrag, und doris und steff sind ein gemütliches paar, stehen am balkon

und beleben sich da. und der neue kanzler strahlt um zentimeter, die ihm langsam aus dem gesicht wachsen. doch das berührt die hier nicht.
– mensch, wer hat euch zu trinken gegeben?
– ich wars nicht. sagt sofort jan: die haben das selber gemacht.
– wann sind die aufgetaucht?
– glaubst du, ich hab hier den überblick?

wahlergebnisse bei robin in der küche mit den leuten aus der alten wg, doch das interessiert die beiden nicht, die dachten, hier sei eine party, und jetzt wollen sie rauf aufs dach, sie wollen schließlich die gegend mal von oben sehen. „in diesem zustand sicher nicht!“ doch sie reagieren nicht. werfen mir nur ein oder zwei verächtliche blicke zu: du hast uns praktisch nichts zu sagen, und dann wieder: umgedreht und weitergemacht.
– wie alt die wohl sind?
– vierzehn würde ich ihnen schon geben, doch so genau weiß man das heute nicht. so eine vierzehnjährigkeit kann heute dauern, die hält ganz schön lange an.

ja, es ist eine lange generation, die uns umgibt: zotteln! zoooottttellln! zoooooootln! rufen sie, rufen sie uns ja andauernd nach, in ihre h&m-sächelchen eingewickelt. oder tun am ganzen leib kichern, wir machen es ihnen auf alle fälle nach, in jedem fall h&m-geneigt, -geeignet geradezu, h&m-geeicht, die beiden girlies und der girliejunge, der hat sich wohl gleich vertschüst – was für sachen ziehen die an? zum schießen, das t-shirt mit der aufschrift: „barbie is a slut!“ dazu schnelle haare, „kopf blondiert!“ die eine: dunkelblaue jeans etwas zu kurz, die andere: mehr slackermäßig mit hellbrauner cord-

samthose und hellblauem shirt – so kamen sie hier an: janoschspiegelungen noch im ganzen gesicht: gebongt! machen wir nach: janoschspiegelungen im ganzen gesicht: kopiert! machen wir nach: klobige schuhe zum drumrumgehen, wir machen mit! in unsere h&m-sächelchen verwickelt hören auch wir in hautfarbenen clubs *daft punk – daft punk*? hören wir nicht. – na, wir machen jedenfalls jeeeede vierzehnjährigkeit mit, nur jetzt gerade nicht.
– wieso?

jetzt gibt es wahlergebnisse, ja, endergebnisse bei robin in der küche – wurde auch zeit! und der schröder strahlt was aus, was war das noch, fragt man sich gleich, jedenfalls strahlen er und die spd-spitze, ohne zu wanken – sie glauben mir nicht. „na, rauskommen kann ja eigentlich nichts", vermute auch ich und werde wieder „mit blicken gestraft": sowas sagt man vor sozialpädagogen nicht. und sind sie etwa nicht alle sozialpädagogen geworden, sozialpädagogen und krankengymnasten? ja, alle bis auf robin und mich, und wie alle sozialpädagogen dieser stadt starren auch sie auf das dünne fernseherlebnis: was wird uns da geboten? und haben jetzt schon keine antworten parat, nehmen es für bare münze: hauptsache, die cdu ist weg!
– hauptsache, die cdu ist weg, sagt jetzt auch steff, sechzehn jahre, das ging ja auf keine kuhhaut mehr.

„wahlergebnisse in echt!" versucht man ihnen zu erklären, doch sie hören erst gar nicht zu. für sie sind wir auch so typen aus der verbarrikadierten, aus der sozialdemokratischen zeit, und meinen doch nur die kohlära – zum schießen! plappern somnambul alles nach, was man ihnen vorsetzt! – ach, das kapieren die gar

nicht – weiß robin bescheid, hauptsache, die cdu ist weg, kennen die doch nicht – h&m-mädchen träumen einzig davon: gaaaanz viel geld auf den kopf zu hauen, gaaaanz viel zeit auf einer insel zu verbringen als rave-eleven, elfengesichter, mit gaaaanz laaaangen haaren im gesicht, nicht? – „bist wohl nicht aufm laufenden!" krächzt die eine aber schon los. – „das glaubst du!" sagt die andere bloß dazu – nadine und tonka, plumps: jetzt haben sie namen, jetzt ist es raus, ihre identität, nadine und tonka sagen: „ihr spinnt doch komplett!"
kann schon sein, ist gut möglich, wenn man robin ansieht: jugendfarben am ganzen leib so aus zeitvertreib nicht, nein, robin liebt seine popgeschichte sehr, hat auch sein poptelefon, bei dem er angestellt ist – er weiß immer bescheid, der retro-beschleuniger, allzeit bereite verdichtungsingenieur musikalischer, theoretischer und jetzt politischer verhältnisse.
und die andern? ja, wahlergebnisse, als hätte man selbst mitgemacht, als wäre man dabeigewesen und hätte sein schäufelchen dazu beigetragen: wir habens geschafft, die cdu ist weg! hat jetzt jeder einmal gesagt. das hat längst die runde gemacht.
– als ob die spd was anderes wär, meint robin und lehnt sich zurück.

– als ob die spd was anderes wär, wiederholt robin, doch niemand zieht recht mit, zu bemerken ist, wie hier die stimmung langsam kippt. die vor dem fernseher blicken jetzt schon zurück, 80er jahre! die hat man also bis eben jetzt gehabt, 80er jahre, wie sind wir darin verschneit, und baut sich noch mal vor einem auf, das gaaaanze kohlgesicht, nur die mädels ziehen da nicht mit, denn auch bei ihnen ist die stimmung gewaltig gekippt: ihr sei jetzt schlecht, informiert uns die eine, während die andere sowieso nicht mehr heiß auf positionierung ist. und sich aufs sofa begibt.

hüben: was die spd versichern kann, hat sie längst getan. bleibt nur das schrumpfen in die bilderwelt: da hilft kein kratzen am tv-gerät. (ehem. bürgergerät!)
drüben: ja, am sofa sitzen sie, klinisch wohlerzogene mäuschen, lächeln stupide vor sich hin, kriegens einfach nicht mehr gebacken, das mit der kommunikation. laufen sie immer mehr auf ihre vierzehnjährigkeit hinaus.
hüben: der neue kanzler am bildschirm, sein gesicht ist ausgewachsen. „das sitzt jetzt fest." da hilft kein kratzen am tv-gerät!
drüben: einatmen und ausatmen hat man mit vierzehn doch noch zusammengebracht?
vorne: atmosphäre tanken und sie dann wechseln, habe ich mir wohl gedacht.

„wir gehen jetzt wieder!" – „ja, tschüs!" hat wohl niemand gesagt. doch am schluß ist man wohl auseinandergegangen, und irgendwie ist es allen ein wenig peinlich.
lauter h&m-säckelchen (hm, hm) auch hinten am fahrradträger, zusammengeknüllt sieht man sie am nächsten tag, fahren die straße auf und ab, langsam und zögerlich ziehen sie ihre bahnen. beinahe nachdenklich, könnte man sagen, sehen sie aus, das kann man von anderen nicht behaupten–endergebnisse sind jedenfalls aus dem rennen, im fernsehen wird jetzt wieder der standort deutschland ausfindig gemacht.

selbstläufer (wettrennen)

„krass überbewertet!" – „das ist total überbewertet!" – „die leute kaufen, kaum steht *media* drauf."
– ja, kaum zu glauben, um das zehnfache des werts gestiegen, obwohl die nur internetauftritte machen.
– haben kaum einen umsatz, schreiben direkt rote zahlen, doch die aktienwerte explodieren.
ja, krasse überbewertung auf allen seiten, nickt man sich zu, fast telefonisch – fast telefonisch nippt man am bier: „aber mit finanziellem effekt", „da müßte man dranbleiben" – „das wird sich schon zeigen!"
und aufgelegt. dann ist es wieder still. nächste runde? – nächste runde!

man müsse eben einen möglichen verlust einkalkulieren, versucht einer wieder, doch klappt es nicht ganz.

„russische staatsanleihen", fällt plötzlich seinem nachbarn ein – ja, russische staatsanleihen müßte man jetzt kaufen, prustet schon sein gegenüber los – „russische staatsanleihen, sicher", kichert der erste wieder, „sind gefallen um 30 prozent."
– ach was.
– aber ja.
entsteht schon wieder eine pause? nein: „und, hast was investiert?"
– aber hallo.
alles lacht.
und aufgelegt. nächste runde? aber sicher doch: nächste runde!

„man müsse eben einen möglichen verlust einkalkulieren", fängt er wieder an, und alle sagen: „ja, ja."
– man müsse eben einen möglichen verlust einkalkulieren, bereit sein, 300.000 zu verlieren, mit der restlichen million macht man dann die knete, sagt er noch mal und wird dann wieder still. nimmt einen schluck, verschwindet darin.
und aufgelegt.

– –

und sie? was macht sie? zieht sie auch eine krasse überbewertung nach der andern an land? nein, total überbewertet sitzt sie ihm gegenüber und macht sich jetzt möglichst klein, doch ihm kommt sie nicht so leicht aus: kulturfernsehen, aber öffentlich-rechtliches, das zieht sie sich rein. kulturfernsehen, aber in echt! das sitzt ihr gegenüber, will ihr seit geraumer zeit weismachen, daß gehobene unterhaltung ernst zu nehmen sei.
„lächeln sie nur darüber!"

„man darf darüber nicht lächeln!" heißt es aber gleich, und: „sie lächeln ja schon wieder darüber!" wird sie kurz darauf informiert. dabei hat sie ja gar nichts getan, sie hat gar nicht reagiert, ganz ruhig sitzt sie ihm auch jetzt gegenüber, als er ihr erklärt: „aber viele menschen betrifft sowas."
„sie glauben darüberzustehen." – sie lächeln. – „bitteschön." – dabei hat er sie gar nicht angesehen.
– nein, es ist nur –
– verstehen sie mich nicht falsch, nichts gegen unterhaltung, versucht sie es noch mal, aber – sie bricht ab.
– nein, *sie* verstehen mich falsch – er hält inne. einen augenblick lang weiß er auch nicht weiter.

– ist ja schon gut, setzt er deswegen schnell hinzu, und sie: ja, ja, er habe schon recht – womit, haben sie wohl beide vergessen, man weiß es nicht so genau. erst nach einer weile fällt ihm noch ein: schließlich leben wir nicht mehr im taka-tuka-land!
er niest. er niest noch mal. dann geht er.

– –

nein, sie wisse auch nicht, was das war. nein, sie habe keine ahnung, sie habe auch mit ihr noch nicht darüber sprechen können, nein, sie habe sie auch noch nicht erreicht. richtig. noch nicht miteinander sprechen hätten sie können. sie mache jetzt schluß.
feierabend? nein, sie müsse doch zu dieser veranstaltung –
ja.
ja, da habe er richtig gehört.
ja, sie wisse auch nicht.
ja, er könne ihr das glauben, da war nichts zu entscheiden.
er solle jetzt mal ganz ruhig sein, ja?
„ist gut."

wo man sich in redaktionen nicht durchsetzen kann, hat sie lange gewohnt, quasi in engster nachbarschaft, jetzt sitzt sie selbst drin. und nicht nur sie, auch eine reihe verständnisschwierigkeiten. „niemand weiß mehr, was geschieht, aber alle schreiben es auf." so hat sie es anfangs noch genannt, und jetzt halte sie es eher für ein organisatorisches problem.

– –

doch ein bißchen gleiche sprache muß schon vorhanden sein so zum gespräch, dann klappt es auch. und ein bißchen gleiche sprache wäre auch vorhanden, nur: fehler schleichen sich eben ein, fehler schleichen sich ein und wieder zurück, und mondatmosphären verteilen sich plötzlich auf jedem gesicht. dann steht man wieder in startlöchern herum, weiß nicht, was tun. zunächst affirmationsblasen werfen, wäre eine möglichkeit, so ins gegenübergesicht, damit das wieder startet. doch die allein genügen nicht, auch affirmationsblasen gehören menschlich bestückt – „bemannte raumfahrt" nennt man das zwar nicht, aber in diese richtung geht es schon.

– –

– das ist ja die wahre überraschungslandschaft hier (überbucht)!
– hier herrscht der übergangston! wo heute ein laden ist, ist morgen eine bar. und übermorgen ein bürohaus.
– eben alles in bewegung.
– einfaches endfieber an häusern, wo kids zu mtv-geräuschen mutieren, findest du in dieser gegend wohl keines.
– das sagst du.
– ja, das sage ich.
– sonst noch was?
– sag mal, hast du ein problem?
– was für ein problem?

ihr wochenendbesucher geht auf und ab, er sagt: also, wann wirst du fahren? und nicht: nimm mich mit ins grab! – dabei weiß er doch genau: morgen früh um acht, ankommen tut sie dann um zwölfe, und um zwei fängt der spaß so richtig an. fazit: nicht nur mit humor,

auch ohne ihn muß sie da hin. schließlich wird so geld verdient, da muß sie drei tage unendlich sein als messehosteß und will es nicht schon heute sein. doch ihr wochenendbesucher läuft schon wieder auf so seltsame fragen hinaus, zum beispiel, ob sie denn das glaube? und sie weiß schon wieder nicht, was.
– na das mit „generation berlin".
– und?
– ja, glaubst du dran?
– was hat das mit glauben zu tun?
– eine menge.
– mensch, das steht doch überall.
– und?

an generationen hängt man heute alles auf, weiß auch er längst bescheid. doch während sie ihm noch so kingvokabeln der 90er vorbetet, ist er schon umsetzbereit: „jetzt aber los!"

– –

flüstern: werden jetzt wieder kommende generationen vorgeschlagen?
flüstern: quatsch, kommende generationen werden nicht vorgeschlagen, die werden gehypt.

– –

– du weißt aber schon noch, was du redest? dir ist schon noch klar, was du da von dir läßt?
– aber klar, sagt er. doch dann schweigt er eine weile, fragt dann: was meinst du damit? – nein, auf diese zunge beißt der sich nicht.
sie verharren einen augenblick, dann fängt sie wieder

an: du weißt aber schon noch, was du redest? – „wer weiß das schon“, entscheidet er schnell.
– siehst du, beim zweiten mal klappt sie schon, deine ironie. doch eine ironie beim zweiten anlauf zählt eigentlich nicht. da kannst du es noch so von neuem versuchen, man glaubt sie dir nicht.
er hört eine weile in sich rein, dann versucht er es von neuem, schließlich stimmt er ihr zu. „ja, wahrscheinlich hast du recht.“

„es gibt eben menschen und zwischenmenschen“, und letzteres sei eindeutig er. man erzähle ihm was, und schon sei er in die sache verwickelt, schon könne er nicht mehr daran vorbei. doch eine mischung aus lachen und nichtlachen produziere heute ein jeder, da kenne man sich gar nicht mehr aus. keinen konkreten ausdruck hätten die meisten dabei im gesicht. da könne es schon mal passieren, daß er etwas vertausche! da könne es schon mal passieren, daß er etwas nicht mitkriege! da könne es schon einmal passieren, daß er nicht wisse, was geschieht!

– –

doch frage eins, beginnt er von neuem, was kann man heute noch rüberbringen? antwort: nichts! nichts bringen wir rüber, die leute nehmen nichts mehr wahr – frage zwei, fährt er fort: reden wir überhaupt noch miteinander? antwort: nein, wir wissen im grunde schon vorher, was wir hören wollen, und hören es dann auch, gleich, was der andere sagt. doch: falsche fragen, falsche antworten, gibt er bekannt, so kommt man nie voran. man muß sich immer nur eine frage stellen, nämlich: *wie* bringe ich meine botschaft an den mann?

sich immer klasse finden, kann da ganz schön hilfreich sein, hat sie beobachtet. ja, sich immer sagen, war schon gut so, hast es richtig gemacht, hat sie sich gedacht, doch „klasse!“ hört sie schon von drüben, von „klasse!“ ist hier aber noch keine spur. es gibt eben leichtere übungen als diese, hat man ihr versichert, doch die drüben haben sich ja schon mehrmals klasse gefunden, und hier steht noch nicht das erste mal, „aber total!“ hört sie wieder, und das macht sie langsam nervös. ihren humor (überbucht!) kriegt sie auch nicht mehr hin. und während die drüben verschiedene sorten humor auf lager haben, fällt ihr immer nur die eine ein, und selbst die stellt sich nicht von allein ein, doch so ein humor muß sofort optisch umsetzbar sein, optisch überbrückbar müssen sein die zeiten, in denen ein lachen zu ende geht. der moment zwischen lachen und nicht-lachen, wie er schnell mal entsteht, darf nicht zu sehen sein.

– –

kristallisiert sich jetzt endlich das „wir“ heraus, das man hat versprochen? kommt endlich das stück zusammengehörigkeitsgefühl, das man hat zugesagt, so nach einer weile entstünde das praktisch von allein. holt einen aus allen mondatmosphären ab, „und macht euch dann miteinander bekannt“.

– –

– doch seien wir einmal ehrlich, wer will das schon, sagt er jetzt mit hintergründigem tonfall. tut wieder mal so, als ob. und natürlich sind wir darauf reingefallen, und natürlich haben wir ihn wieder ernstgenom-

men, dabei meint er es nicht so: „menschenskinder, das meine ich doch nicht so.“ in wirklichkeit ist er immer ein anderer, er verwendet die worte eben nur so, guckt dabei ein wenig zur seite, damit man weiß, das ist nicht echt. ganz zigarettenverpennt daneben seine freundin, sie hört ihm erst gar nicht zu, findet die nacht ganz geil. ganz geil ist der sternenhimmel, geile menschen gibt es darunter auch und musik – „ich geh mal noch'n bier holen.“ fällt ihr dazu plötzlich ein. „möchtest du auch eins?“ fragt sie ihn, während wir so daneben sitzend sind. er nickt, und während sie ihr bier holt, meint er inzwischen die dinge weiter nicht so. so verbleiben wir eine weile.
und kommt sie zurück.
und bringt ihm sein bier.
sitzen wir.
und jetzt rückt sie mit ihrer sprache heraus, ja, auch sie hat was zu sagen, nämlich wieviel man als webdesignerin verdienen könne.
– eine ganze menge nämlich, setzt sie hinzu.
– überhaupt, im webbereich – ich sage euch, da steckt das geld!
sie sieht uns an: habt ihr das nicht gewußt?
wir wissen es anscheinend noch immer nicht, so sieht sie uns weiter an, zieht an ihrer zigarette, trinkt an ihrem bier.
sitzen wir.
es müsse etwas sexuelles sein, hat man früher gesagt, so zwischen den beiden, doch heute ist man sich da nicht mehr so sicher. neue beliebigkeit schreibt man jetzt immer oben drauf. man spielt auch nur mehr mit oberflächen, hat sich höchstens mal in ne idee verrannt.

– –

„stellt euch vor, von einem tag auf den anderen kein deutsch mehr zu können, nur noch broken english."
– wieso broken english?
– na, was denn sonst?
da wissen auch wir keine antwort, doch wir ahnen, mit richtigem englisch fängt die erst gar nicht an. nein, „er sagte: please send me a postcard from kreuzberg.
er sagte: please I need some sleep.
und: could you close the door behind you."

doch die englische speakerin, das native speakerchen: sie stößt mehr englisch, als daß sie es spricht – das native speakerchen, so dumm ist sie nun auch wieder nicht. paß bloß auf, habe sie zu ihm gesagt, doch aufpassen war wohl seine sache nicht: kitsch-broken-english schob er vor sich her, kitsch-broken-english gab sie ihm zurück, das hat er dann verwaltet, gesehen hat sie es jedenfalls nicht mehr. und jetzt hat sie den salat: „stellt euch vor, von einem tag auf den anderen kein deutsch mehr zu können, nur noch broken english!"
– wieso broken english?
wir verstehen noch immer nicht, nur er zündet sich schließlich eine zigarette an und erinnert sich an freud. ja, so ein bauernopfer macht man schnell aus seinem wortschatz, ist man einmal nur verliebt – sie nickt, und doch: wohl sei ihr bei der sache nicht.

– –

ein nein wird nicht gehört, erzählt er dagegen von seiner freundin, ein nein wird von ihrer seite niemals gehört, verleiht er seiner stimme die geeignete modula-

tion. da könne er machen, was er wolle, sie macht weiter, als wäre nichts gewesen. jedenfalls ein nein wird von dieser seite nicht gehört, wird niemals gehört, „das kennt die nicht. das kann die nicht." wortschatz fehlt oder so, doch schluß mit den vokabeln! habe er sich jetzt geschworen.
ein nein wird nicht gehört, aber sonst ist hier auch nicht viel zu hören, so von seiner seite. wie macht sie das bloß? fragen wir uns inzwischen, wie hält sie den bloß aus?

ach, kleinmädchenaugen drumrumgewickelt: wir wollen uns alle für broschüren halten, ja? marschiert sie wieder auf zwei beinen zur theke hin, bestellt ein neues bier. über sex alles zu lösen ist eben so eine fixe vorstellung von ihr. aber irgendwann geht das eben daneben, irgendwann klappt das so gar nicht mehr.
– ach, die ist so eine mann-frau-luise, so eine, die immer nur die unterschiede betont!
– habe ich ihr auch schon gesagt: besser ist es, keine zu machen, aber sie hört ja nicht.

– –

ansonsten sind wieder einmal alle kriterien weggefallen, glaubt sie feststellen zu können, wie alles beliebig wird. aber nein! das gegenteil stellt sich jetzt heraus. total unverkrampft, „das ist total unverkrampft hier" hat man doch eben noch gesagt. – ja, angenehm, unangestrengt, freundlich, und? da weiß man schon nicht weiter.

oder sind das etwa schon wieder so germanistikstudentinnen, die sich plötzlich vor einem aufbauen und von nichts anderem als ihren berlin-anthologien reden? richtig! „unter 35“ nennen sie die dann: „feste pop schreiben wir auch noch drauf.“ – „fast wie musik“, fällt ihr dazu noch ein, und: „liest sich in der u-bahn“, werden sie mit sicherheit im klappentext schreiben, so nebenbei. und wie schnell diese stadt sei, wird darin dann auch noch aufgesagt. ja, stehen wieder germanistikstudentinnen vor ihr aufgepflanzt mit ihren flaschen bier und arbeiten an ihren projekten, selbst um zehn uhr abends, und sie? was macht sie? kostenlos verbringt sie ihre zeit vor germanistikstudentinnen, die ihre berlin-anthologien im kopf haben. „unter 35“ sagen sie auch schon: aber wirklich! – ja, diesmal auch in echt! – pop schreiben wir drauf, überlegen sie –

– –

dabei
ist
doch
bekannt: sprich das pop-wort nicht aus!

– –

sagt man doch zu krethi und plethi – „und? hats jemals was genutzt?“ setzt er wieder ein. alles lacht, nur sie lacht nicht: „mit ironie kannst du auch nicht alles machen!“

– wetten doch, sagt er und grinst: da ist sie aber platt, was?

doch sie sagt einfach: „nein.“

– dann sag mir doch bitte, wird er plötzlich ernst, was nicht?

und sagt sie nichts.
– siehst du, da fällt dir auch nichts ein! herrscht er sie plötzlich an: da wird sie ganz schön leise!
- so ein idiot, wird sie später sagen, doch vorerst trinkt sie noch ihr bier, als kennte sie ihn nicht.

– –

er macht es genauso mit den 80ern, die kennt er nicht, d. h. die mag er nicht, kann er nicht ab, „laß mich bloß mit denen in ruhe!“ doch dauernd tauchen sie, bauen sie sich um ihn auf, besonders wenn er mit ihr unterwegs ist. man könnte meinen, die steckt immer noch drin. wenn er das schon hört, was sie zu den andern sagt: themen besetzen! begriffe besetzen! dabei besetzt man heute doch nicht mehr. man hält eher so kontakt. doch während sie sich in ihre begriffskämpfe verwickelt, schläft auch er nicht ein, nein, er schärft sich ein, nicht nochmals so ein idiot zu sein.

ansonsten hält man via handy kontakt. ja, da bauen sie ihre handy-schichten auf und an manchen stellen wieder ab, wie es eben so kommt. handy-geschichten durch den figurenlärm schicken, das hat man sich hier in diesem lokal geradezu ausgedacht: „wo kommt das kind her?“ habe sich z. b. die frau ihm gegenüber zunächst gefragt, aber mit der zeit gewöhne man sich daran. – „ja, anfangs war einem das schon ziemlich fremd, aber jetzt geht es langsam“, fällt ihrem mann dazu ein. der wenige schlaf allein mache ihnen zu schaffen. der wenige schlaf, in den fühlt man sich hier jetzt eine weile hinein.
ansonsten hält man via handy kontakt, nur der kontakt zur eigenen stimme fehlt manchmal schon. „ja, also“,

beginnt er deswegen – wenn sie ihn so frage, „ein jeder hat doch seine haßfiguren, da kann man nichts machen.“ das seien bei ihm eben die 80er jahre.

– –

– total leidenschaftslos, ja richtiggehend emotionslos betrachte sie das, nein, da habe sie keinen eifer.
und doch habe er den eindruck, sie jage immer so atmosphären nach – „ach“, sagt sie, „das war einmal.“ sie möchte immer noch mitkriegen, was los ist, aber klare grenzen gibt es doch. man lernt eben, distanz zu wahren. ja, auch sie verstehe es mittlerweile, nein zu sagen: „irgend etwas hat man ja dazugelernt.“
– ja, da habe sie schon recht. manchmal habe er selbst schon das gefühl, er sei ein bißchen zu nah dran, ein bißchen zu nah an allen dingen –
– als hätte man angst, etwas zu verpassen. nicht dabeigewesen zu sein.
– da täte ein abstand not, vielleicht ein urlaub von der stadt. aber andererseits dauernd an einer privatsphäre herumzubasteln, er halte nichts davon.
sie muß ja, sie muß.
– ach ja, er vergaß: „wie alt ist es denn schon?“ sie nennt eine zahl, und er stellt dann fest, wie die zeit vergangen ist. nicht vor noch zurück, erinnert sie sich und steht wieder vor ihrer situation.

– –

andere stehen vorm theatereingang, sehen sich wieder gegenwartsgepflegte menschen an, wie sie an ihnen vorüberziehen, sehen auch petra stehen, die ex-freundin von jan: „hallo petra!“ rufen sie: „was treibst du denn

hier?“ – „wohl dasselbe wie ihr!“ will sie noch sagen, doch schon fragen sie: „und wie gehts jan?“
– ach, jan, der ist so komisch drauf.
– wieso denn das?
– der will jetzt sogar ins umland ziehen.
– ach was!
– ja, er sagt, das wird ihm hier drinnen alles zuviel.
was für ein pech, dabei hält jan doch ihr gespräch am laufen. „auch eine karriere“, wirft er also schnell ein: „vom hausbesetzer zur einfamilienhaushälfte in gladow.“
– teltow! meint sie, außerdem war der nie richtig dabei.
– wie denn das?
– na, der hat nur so ein bißchen mitgemischt. war einer von denen, die sofort alles legalisieren wollten.
– ach so.
– na, dann war der schon immer so.
– wahrscheinlich, man hats ihm nur nicht angemerkt.

– –

um die große linke behauptung stünde man jetzt allgemein herum und staunte nicht schlecht. ja, von allen seiten seien sie zuerst mit ihren großen linken behauptungen dahergekommen und stünden um die jetzt rum, staunten nicht schlecht. „was hat man sich da nur gedacht?“ – „das waren zeiten!“ – „im kopf muß man mal das alles zusammendenken!“ – „das war die reinste paranoia, die wir da laufen hatten.“ und heute? heute stehen sie nur um ihre große linke behauptung rum und staunen nicht schlecht, und sie steht mit, doch staunen kann sie nicht so recht. sie fällt immer aus ihrer rolle, denn sie weiß die im voraus schon, wie im fernsehen, drei sekunden sind es bloß, weiß sie, was sie sagen wird:

was sich eben nicht wegkommunizieren läßt –
aus den zeiten der überpolitisierung ist man ja nun raus –
diesem ewigen alarmismus möchte sie sich nicht aussetzen -

diese argumentationsfiguren kenne sie längst auswendig, die könne sie aufsagen. aufsagen könne sie überhaupt viel – zuviel! –, überhaupt zuviel wisse sie auswendig, zumindest sei so ihr gefühl. und doch möge sie menschen, die für was einstünden, die eine position bezögen, die seien ihr sympathisch, die zögen sie an. und so habe sie, während ringsum die linke behauptung langsam in ihre aufgeregtheit übergegangen sei, sich menschen ausgesucht, die es ernst meinten. und während man allgemein sich schon sicher gewesen sei: anything goes! habe sie zu denen gehört, die auf ihrer ästhetik bestünden.

– –

– doch was ist so verkehrt an lebensästhetischen fragen? kann mir das mal jemand sagen?
nein, darüber will ihn niemand informieren. doch was verkehrt ist an lebensästhetischen fragen, darüber weiß er selbst am besten bescheid: nichts! informiert er jetzt auch die andern. „die können sich mit politischen durchaus treffen." nur sie scheinen das nicht zu glauben – „warum, bitte, hat das nichts miteinander zu tun?" fragt er auch schon.

setzt er gleich fort: „und ich rede jetzt nicht von ‚das private ist politisch‘ – nein, nur auf politischem feld allein wird heute nichts mehr entschieden.“ das habe sich auf andere bereiche verlagert, und dort trifft man ihn jetzt auch an, und nicht nur ihn, auch den nerv der zeit.
– noch nie was von symbolischer politik gehört?

bald stellt sich heraus: während die einen symbolische politik machen, meinen die andern nichts mehr ernst, er aber könne beides gleichzeitig tun, da schlägt er zwei fliegen mit einer klappe, lacht er. aber so „marxistische ladenhüter“, nein, die möchte er nicht haben, damit hat er nichts zu tun, eine linke, ja, die dagegen schon, aber eine, die sich von selbst versteht – eine linke ohne sein zutun, ja, „aber nicht überladen“.

– –

das werde oft falsch dargestellt: nicht auf der seite der arbeitgeber sei sie, sie sei genauso auf der der angestellten. meist habe sie sogar mehr probleme mit den arbeitgebern, weil die hierarchischer dächten, mehr in alten strukturen verhaftet seien. „umdenken auf allen ebenen!“ zu organisieren sei eben ihr job, doch immer müsse sie erst den schlechten ruf abarbeiten, den ihre branche so mit sich bringe. „du, das kann ganz schön anstrengend sein.“
doch sie wirkt gar nicht erschöpft, im gegenteil: sie geht ihm mit ihrer energie auf den wecker, aber das kann er ihr schlecht sagen, und wenn, wird es ohnehin ignoriert. das ist ja das problem von ihnen beiden: daß er nichts sagen kann und sie nichts hören will. dabei sieht sie doch so psychologisch aus, ja, auch in ihr steckt

mit sicherheit eine psychologin drin, wie das so üblich ist in diesen zeiten, doch kommt die nicht recht raus aus ihr: „ich weiß jetzt nicht, was du meinst."
– wie?
und während er versucht, ein produktives verhältnis zu ihrer position zu bekommen, ahnt sie schon: was sich nicht wegkommunizieren läßt, läßt sich eben nicht wegkommunizieren, das steht zwischen ihnen, nimmt seltsame formen an.

man weiß ja gar nicht, wer der sympathieträger ist, mit wem man sich noch identifzieren soll, das kann wandern, von einer zigarette zur nächsten, von einem gesicht aufs andere und wieder hinaus. man würde sich ja gerne mehr festlegen, doch allein, es fehlen klare zeichen, allein, es fehlt das bezugssystem, diesen film kann man gar nicht verstehen!

während er also versucht, ein produktives verhältnis zu ihrer position zu bekommen, ahnt sie schon: was sich nicht wegkommunizieren läßt, läßt sich eben nicht wegkommunizieren, das steht zwischen ihnen, nimmt seltsame formen an, dabei hat man vorher eine ganze weile ähnlichkeiten ausgetauscht, und jetzt: „ich weiß nicht, was du meinst."
– wie?
– na, du mußt dich schon etwas klarer ausdrücken, wo du da die zusammenhänge siehst.
– ich dachte, diese zeiten sind vorüber?
– welche zeiten?
– na, die zeiten, in denen man alles gleich aufeinander beziehen muß!

– –

ja, keine zusammenhängenden texte könnten die heute noch lesen, die könnten sich nicht mehr auf das konzentrieren, was man ihnen sagt. sie lasse sie deswegen oft einen zeitungsartikel lesen, den sollten sie ihr dann nacherzählen, zusammenfassen wenigstens, „doch nicht einmal das klappt." nicht nur hätten sie erst gar nicht verstanden, was da stünde – „da bleibt auch nichts hängen in deren köpfen, nach fünf minuten ist alles schon wieder gelöscht", die könnten sich nichts merken, rein gar nichts. „du, die kommen aus verhältnissen, da machst du dir keinen begriff von." da dürfe sie das thema drogen erst gar nicht anschneiden, sonst höre sie wieder geschichten, „da machst du dir keinen begriff von".
er dagegen möchte seinen schülern nachts nicht begegnen – „obwohl, die sind auch schon ein paar jahre älter." da wisse er nicht, mit was ist zu rechnen. er lacht: na, lange mache er den job jedenfalls nicht mehr, das sei frustrierend, die seien einfach nicht zu motivieren, aber kein wunder, die hätten keine zukunft, und das wüßten die schon.

– –

so zwischen all den muttis fühle er sich dagegen nicht wohl. „das ganze haus ist ja beherrscht vom kinderwahn!" schon das treppenhaus: wie eine kita, rot und gelb angemalt. ja, eine kindgerechte gegend ist hier am entstehen, und so eine kindgerechte gegend wirkt sich eben enorm aus, die birgt nämlich eine menge konfliktstoff. dauernd rennen kinder durch den hof und schreien, aber dauernd ist ihre musik zu laut, dann stört der drucker wieder, dann ist es das nächtliche geräusch, das sie anscheinend von sich geben.

– als ließen wir spritzen im hausflur liegen, so sehen die uns an.
– wir wohnen auch nur zur untermiete da.
– und schließlich sind wir die einzige wg im haus, dazu eine reine männer-wg.
– in keiner kindgerechten stadt lebten sie, behaupten die. und jetzt das.
– ja, bald werden sie aufs land ziehen wegen der kinder, haben wir uns auch gedacht. doch sie tun es einfach nicht.
– die gefährliche großstadt! und im prinzip sind es nur wir im ersten stock. wir mit unseren fahrrädern – punkfahrräder! –, wir mit unserer musik, mit unseren bierflaschen, unserem aussehen und unserem besuch –
– ja, unterbricht sie ihn, dabei macht ihr auch nur eure projekte, wie alle andern auch.

– –

wie der harmlosigkeit entkommen, ist allerorts die frage, doch hier wird wohl nichts dergleichen geschehen. wegen der harmlosigkeit macht er sich auch langsam sorgen. sicher möchte sie gleich gehen: da passiert ja rein gar nichts, wird sie sagen, oder: mensch, wie oft habe ich das schon gesehen! – dabei heißt es immer, die seien so radikal, und jetzt schreien sie sich nur an – „knochenarbeit ist das aber keine“, witzelt er deswegen drauflos, „das geht ja sehr leicht von der hand“, oder vom mund, wenn man so will.
ja, komische streits führen die auf, damit sie was erleben, komische auseinandersetzungen, aber ganz in echt. agieren da was aus für die, die sich ansonsten nicht losreißen können von ihren geräten, von ihren schreibtischen, von denen sie tagaus tagein denken, die hätten

was mit ihrer karriere zu tun. man wäre dabei, ein leistungsprofil zu erfüllen, einem anforderungsprofil nachzukommen, während die auf der bühne nur so ein charakterprofil erstellen, so unter der hand. man nennt das theater oder gehobene unterhaltung – nein! man möchte nur ein wenig der harmlosigkeit entkommen, und so schreien sie sich an, aber so postmodern mit filmmusik (flimmermusik?), damit es auch glaubhaft ist.
ja, wie der harmlosigkeit entkommen, ist allerorts die frage, mit krassen gesichtsausdrücken allein zu operieren, ist zu wenig, da muß schon was anderes geschehen. doch was?

– –

– hysterisch, das ist das wort, sie ist total hysterisch geworden. die hat sich echt nicht mehr eingekriegt.
– ach, die ist einfach nur frustriert.
– und? muß man dewegen immer gleich so ausflippen?
– na, jetzt ist jedenfalls wieder ruhe. so schnell kommt die hier nicht wieder rein.

– –

doch so ein aggressives klima wäre ihm nicht aufgefallen, so eine seltsame stimmung schon, aber ein aggressives klima, nein, sicher, mit so einer affektladung ab und an sei ja schon zu rechnen, und plötzlich habe auch niemand mehr was gesagt, doch direkt aggressiv hätte er das nicht genannt.

– –

– doch sicher ist man sich ja nicht, ob überhaupt was geschehen ist. ob da überhaupt noch was geschieht, weiß man nicht. ihr verkehrslächeln behält sie auch jetzt trotzdem auf: was war denn los?
– was soll denn los gewesen sein?
– na, draußen war was los.
– nicht, daß ich wüßte.
– waren doch bullen da.
– ja?

– –

na, er könne sich an nichts mehr erinnern, schlägt er vor, aber er könne sich sehr schnell an nichts mehr erinnern, rein gar nichts, schon während es passiert, könne er sich manchmal daran nicht mehr erinnern. das ist nicht absehbar, schon während es passiert, ist die erinnerung futsch, hat er ihm berichtet.
– das ist die musik hier! meint der nur dazu.
– das ist mein ewiger streß.
– das ist die zeit.

– –

– das war beifall von der falschen seite, wiederholt er, mensch, wer hätte das gedacht.
– ja, das war knapp!
– beifall von der falschen seite, kichert sie: ja, das kann schon mal passieren.
– übel, aber wie kriegt man den richtigen hin?
das weiß sie auch nicht genau, doch er stellt ja auch die falschen fragen, andauernd die falschen fragen, obwohl – mit falschen freunden fing es viel eher an, dann erst sind die falschen fragen dran, darauf folgt der

falsche beifall, und schon sind wieder neue falsche freunde dran. aus diesem teufelskreis kommt er wohl nicht mehr so schnell heraus.
– beifall von der falschen seite, wie kommt man in den richtigen hinein. er weiß es wirklich nicht, er hat nur so eine vermutung –

– –

„nichts als ein medienhype, wenn ihr mich fragt, von anfang an, das ganze ist total selbstreferentiell. bis zum kontextminimum gehen die."
doch während er alle bewegungen, die durch die medien gehen, kennt, bekommt sie schon mal schluckauf – „das kommt vom weißwein!" da könne sie auch nichts dafür. – kleine reaktion unter freunden, kann man sagen, und er nimmt es ihr ja auch nicht übel, nicht wirklich jedenfalls. nur, den faden möchte er nicht verlieren:
– mensch, trink doch ein glas wasser.
– nutzt ja nichts.
– na, probier es wenigstens mal, das nervt!
es sei ihr furchtbar peinlich, sie wisse auch nicht, warum ihr das immer wieder passiere. – ja, er wisse das auch nicht so genau, er habe da nur so eine ahnung –
– ist nicht so wild, meint jetzt auch sein gegenüber.
– oder die luft anhalten? schlägt auch sie vor, soll ich dich erschrecken?
– ich hab mal von einem gehört, der hatte vierzig jahre lang schluckauf.
doch ist ihr da zu trauen? nein, mit sicherheit hört sie wieder damit auf, sobald er fertig ist.

– –

– ist das ansteckend?
– noch nie davon gehört? das fängt bei einem an und geht dann auf die andern über. er lacht. doch muß auch jedes lachen ansteckend sein? – aber nein! es gibt auch einige, bei denen ist das gegenteil der fall. nur hier ist er sich da nicht so sicher, in welche richtung das geht, und auch ihr fällt spontan dazu nichts ein. und doch hat sie gesagt: machst du witze? – doch witze macht der eigentlich nicht. das könne er gar nicht, dazu sei er einfach nicht mehr in der lage – um diese zeit! –

– und doch, setzt er wieder an: einer soll schon mal daran gestorben sein.
– wie? richtig gestorben?
– ja, was sonst? falsch?
doch sie glaubt ihm nicht: und dann?
– wie, und dann? schluß mit lustig! ende des spaßes. sagt er und steht eine weile in seinem co2-gelächter rum.
schluß mit lustig, hat auch sie längst zugegeben: davon hat man schon gehört.

– –

nein, in einer weltuntergangsstimmung sei er eigentlich nicht. er will eben partout an das unerklärliche glauben, und auch sie schließt sich da sofort an, schießt sich darauf sofort ein – „unheimlich, nicht?“ hat sie ihn auch schon gefragt und macht ihr gefährliches gesicht dazu. „geh du, mach doch nicht dein gefährliches gesicht, du weißt ja gar nicht, wo das hinführt heute abend!“
– doch was soll schon geschehen?

– –

– was jetzt? er kratzt sich am kopf: sich nochmal durch sämtliche harald-schmidt-schichten durchwursteln, so nette kleine hamsterbewegungen des humors mitmachen, die schon auf spitzen von 10 km/h kommen? nochmal das lebensgefühl einer generation auf den punkt bringen. nein, ende der ironie! jetzt wird ernst gemacht.

– –

– und doch, ein wenig ängstlich sei sie da schon.
– ja, das könne sie verstehen.
sie verstehe ihre ängstlichkeit schon, und sie wiederum könne auch was anfangen mit der ihrigen. da verstehen sie sich gegenseitig wieder noch und nöcher. doch auf so einem parkplatz rumstehen und frieren, während man seine ängstlichkeit versteht, kann auch ganz schön anstrengend sein. zumindest für den, der daneben wartet. doch kurz darauf versteht auch er, und bald verstehen sich dann alle gegenseitig wieder. „seid ihr jetzt langsam soweit?" kommt ein vierter dazu, doch auch er versteht bald mit. bis so ein verständnis sich heute in luft auflöst, ist eben ein weiter weg: „seid ihr noch immer da?"

– ihr kommt ja auch gar nicht vom fleck!
– wollt ihr hier überwintern oder was? nein, überwintern wollten sie hier nicht. und doch: sowas soll schon mal vorkommen. in begriffen überwintern ja einige, manche kapseln sich gar ab von ihrer zeit. sie aber nicht.
– wirklich nicht?
nein, in der wirklichkeit erst ankommen müssen sie nicht, sie sind immer längst da.

– hase und igel?
– hase und igel. meint sie und lacht.

– –

– na, ist der groschen gefallen? hast du's jetzt endlich kapiert?
– ist da jemand zu hause? niemand da? dann wirds endlich mal zeit, kann ich dir sagen.
– wars das jetzt?
– können wir jetzt gehen?
– hey, können wir jetzt gehen!

sagt doch niemand nein, doch die eigene müdigkeit hat man verschwitzt, und jetzt ist es wohl zu spät. so tun als ob – „wir müssen jetzt los!" sagen, hilft nicht. hilft nicht gähnen, hilft nicht, die augen schließen, sich anlehnen, sich gegenseitig für betrunken halten, hilft nicht. er findet, das sei auch das problem. man sei von anfang an zu nüchtern gewesen. und sowas holt einen ein, früher oder später –
„quatsch, uns holt niemand mehr ein!" kurz vor der entgleisung seien sie, geben sie jetzt bekannt. doch man glaubt ihnen nicht.

– –

– können wir jetzt gehen?
– können wir jetzt bitte gehen!
– können wir?

– –

nachts, wenn die vögel ganz laut schreien, so gegen fünf uhr (wenn der himmel langsam wird), wird der himmel langsam weiß, wenn die vögel laut schreien in den bäumen in den baugruben, wenn die flutlichter die einzigen sind, die noch übrigbleiben am himmel, und doch schon eine neue helligkeit entsteht, kippt auch die müdigkeit um in eine hellwache aufmerksamkeit für einen moment.
nachts, wenn die vögel schreien und der himmel plötzlich weiß wird, dann sieht man sie vorüberziehen, man sieht sie in gruppen oder zu viert auftauchen und verschwinden. den ganzen tag wird es nicht mehr so hell wie in jenem moment, wenn sie vorbeiziehen, richtung u-bahn, s-bahn in hauptstadtrichtung, wie es heißt. man sagt dann, die himmelsrichtungen geraten in bewegung. sie geraten aneinander, ort und zeit, man sagt dann, nehmt euch in acht, es ist ein unmenschlicher himmel um diese zeit, da hat die luft aufgehört, eine unter tausenden zu sein, dazu der duft der linden, er liegt im endspurt. (endspurt!) wenn sich immer mehr geräusche einmischen, bis die vögel nicht mehr zu hören sind. und es ist nicht zu sagen, ob sie aufgehört haben zu schreien oder ob es am steigenden lärmpegel liegt, daß man sie nicht mehr wahrnimmt. daß man nicht mehr wahrnimmt, wie sie vorüberziehen, wie sie verschwinden.

bis zehn zählen und zurück (für zwei und mehr personen)

1

lebendzaun, das fernsehen: sperrangelweit offen, kommt auf uns zugerannt – in girum imus nocte et consumimur igni? –, aber nein, das öffentlich-rechtliche (natürliche) fernsehen stürmt wieder einmal. die ständig um nüchternheit bemühte tagesschausprecherin – ihr nasenflügel! – bebt!

bis zehn zählen haben sie zur genüge getan, jetzt muß etwas anderes geschehen. das fernsehen, sperrangelweit offen, kommt auf uns zugerannt. wer kann sich dem noch entziehen? „was sind schon zahlen, jedes einzelne schicksal zählt." zeigen sie her, zeigen sie wieder flugzeuge her, und wie verdammt dünn die decke ist. bis zehn zählen, das haben wir schon oft geschafft, bis zehn zählen, als wäre es vietnam, sagen sie auch im radio, als hätte man nicht aufgepaßt und stünde „wieder" im weltkrieg da, aber mit umgekehrten vorzeichen, mit umgekehrten vorzeichen bleiben wir zurück –
bis zehn zählen
bis nichts mehr kommt
die augen schließen, die augen öffnen, halbzeit, ruft man nicht. was kriegt man rein? „wir machen auch nur das notwendige" im gesicht. „wenn sie aber normales geld ausgeben wollen, dann würden wir ihnen davon abraten." doch schon halten sie einen wieder am laufenden, verantwortungsvolle gesichter –

hat sich doch noch eine himmelsrichtung ergeben, ist noch eine himmelsrichtung zur hand, „ein morgen graut“, so sind die kriegsschauplätze – hier aber nur um nüchternheit bemühte, ständig um nüchternheit bemühte tagesschausprecher, doch man sieht, es gelingt ihnen nicht – pumpende gesichter –, und selbst der kopf von klaus bednarz wippt beim reden mit.
was machen sie? – sie zählen! – und wie weit kann man zählen? – kinderfrage! doch bis zehn kommen muß schon sein, das wäre doch gelacht. in zehnerabständen denken tut doch ohnehin schon ein jeder: zehn mal zehn, das ist längst ausgedacht. bald muß was anderes geschehen, fragt sich nur, was?

2

man veranstaltet auf alle fälle ein parallelleben.
man veranstaltet zunächst ein parallelleben, und dann wird man schon weitersehen, doch am ende ist man immer nur am telefon hängengeblieben, die ganze zeit über – am telefon.
hat da womöglich die falsche antwort gegeben. hat sich in ein zeitliches paradigma verrannt, hat alles „beschleunigung“ genannt oder „zeitenwende“. an einer zeitenwende steht man heute nämlich schnell, man wird auch an allen ecken und enden danach gefragt.
an einer zeitenwende, doch nachher weiß man auch wieder nicht recht. was solls, scharfe grenzen zwischen mensch und tier zu ziehen, das versteht heute ohnehin keiner mehr, eine gültige unterscheidung zwischen „belebt“ und „unbelebt“ zu finden, auch das wird schwieriger, und die dinge den kategorien „natürlich“ und „künstlich“ zuzuordnen, ist praktisch eine unmög-

lichkeit geworden. ja, binäre oppositionen sind nicht mehr aktuell, so oppositionspaare sind direkt in auflösung befindlich, man sagt, sie seien nicht mehr produktiv. „auf die trennschärfe, auf die kommt es an!" hieß es noch vor ein paar jahren, und jetzt: „ach, drinnen und draußen, das ist kein rechtes verhältnis mehr." reales und fiktives kapital, auch das hat keinen zusammenhang. der oberbegriff war uns ja von jeher versaut, aber jetzt, wer hätte das gedacht: „kapital" meinte man bis vor kurzem noch alles nennen zu können, doch heute geht da nichts mehr. nein, keine trennschärfe mehr, sicher, noch transparenzbeulen da und dort, transportgeschüttelt, wirres zeug, aber nichts mehr zu entscheiden. dagegen tauchen immer mehr verdächtige singulare auf: „der mensch", „die kultur", „die frau". und was fängt man mit ihnen an? – man klatscht bilder dran, damit man sich an ihnen orientieren kann.

3

andererseits die fotoausgänge der geschichte, die soll man sich schon mal ansehen.
ja, die fotoausgänge, auf die kommt es letztendlich an. vor denen sitzt sie jetzt, tut nachdenken, was man halt tut, wenn man dazu angestellt ist. d. h. bei den 100 wörtern des jahrhunderts darf sie mitmachen, da muß sie bilder den begriffen zuordnen, und wer hätte das gedacht, was da alles zusammenkommen kann!
ja, die fotoausgänge der geschichte sind schwer bewohnt.
die muß man sich erst mal gefallen lassen.

4

doch bis zehn zählen kann man ja auch umgekehrt, bis man bei null angekommen ist, ja, zählen geht auch retour, zumindest, was die jahre betrifft. – und dann macht man einen oder zwei filme draus: eine komödie und einen in echt. ist man doch extra vor ort geblieben, und hat es den mauerfall ja nicht dort gegeben (und bald wird man denken: auch die mauer gabs nur dort), so stehen immer wieder welche da, als würde noch was passieren. – zählen sie etwa schon wieder? – aber nein! sie sehen bloß zu, wie aus einem ort ein anderer wird, das kann man sich schon mal ansehen, dafür ist die stadt ja bekannt: demographische, soziale, architektonische ergebnisse gibt es eine ganze menge, sie liegen hier praktisch auf der hand.

(dynamisch) geschichte umschreiben, das hat man ja immer wieder gerne gemacht. sich neu in geschichte einschreiben ist heute ein beliebter zeitvertreib, und ein ganzes stück geschichte neu zu schreiben, tja, da sagt man doch wirklich nicht nein, bewegt man sich auch in einer zentrallandschaft. ja, in diesem zentralberlin ist geschichte dichtmachen gar nicht drin.

(energisch) im gegenteil, tabula rasa! jetzt fängt sie erst so richtig an. denn nicht nur wird diese stadt neu vermessen, sie hat auch schon ein neues gesicht. eine jugendliche oberfläche ist da am entstehen, zudem eine juristische, verwaltungs- und finanztechnische, kurz: eine menge neuer oberflächen sind bald vorhanden, und dann heißt es nur noch: mit ihnen verwachsen!

(ernst) es heißt, angekommen in ihrer durchschnittsgeschwindigkeit sei die gegend hier, im grunde könne jeder mithalten, der möchte, aber nein, immer mehr driften ab, fallen zurück, weit zurück fallen sie, sie sind nicht mehr zu sehen, bleiben erst stehen auf irgendwelchen ausfallsstraßen, satellitenstädten, suburbs, auf betonbrücken, über der s-bahn kippen sie um: menschen mit standbein und spielbein, so heißt es, doch wer weiß das schon genau.

(mit dick-dünn-wechselschaltung der lippen) immer mehr simultangeschehen, paralleluniversen tauchen auf, nehmen einen mit, und manchmal kommt man auch nicht mehr zurück.

(flüsternd) die gleichzeitigkeit der welt findet eben nicht mehr statt, deren einteilung in geschwindigkeitszonen ist voll am laufen –

(hysterisch) man wird jetzt immer stärker verlangt am telefon, immer stärker fallen die stimmen aus, am telefon immer dringlicher die stimmen, alle alle wollen sie was. „ad plures ire" heißt jetzt nicht mehr sterben, sondern dessen gegenteil.

(gemessen) deswegen früh mit einem doppelgänger anfangen!

5

so sehen sie auch aus vor ihrer brd-wand: anscheinend jungunternehmer, karrierebewußte youngsters, denn immer jünger werden sie, während sie ihre brd-initialen

an die wand klatschen, cheese! rufen und: „ganz schön was los hier!“ mit ihren brd-initialen, die sie an die wand klatschen, die reinste brd-irritation, ein provinzflackern, das niemand recht ernst nimmt, nicht. – bloß nicht provinz! hat es stets geheißen.
bloß nicht provinz, steht überall drauf.
„bloß nicht“ blieb stecken in ihren gesichtern, das lassen sie nicht heraus. und doch ist immer wieder zu hören: gründungsphobien in ganz deutschland! mit ihren brd-initialen stünden sie an der wand und fingen nichts an, bewegten sich praktisch nicht. – eine paralyse, sagen sie, die reinste paralyse gehe durchs land –

da heißt es immer, es seien so fusionsteufel angeschaltet voll auf sturm, so outsourcing-gestalten, die denken nur an auslagerungen, lücken, anschließbare energien. sind so fusionsteufel angeschaltet, heißt es, doch hier tauchen höchstens mal programmiergestalten auf, so aus der letzten eiszeit, aus dem vorigen jahrhundert tauen sie langsam auf, an machbarkeitsgrenzen rantapernd: diese möglichkeiten! nicht mehr ausrufend, nein, eher die technischen wahrscheinlichkeiten austarierend, während hinter vorhängen in büroetagen 16-jährige cypher-knallis sitzen und den hang fürs unwahrscheinliche entwickeln.

6

man hält sich ja nicht umsonst für den gegenpapst – big kid! auf welcher lenin-stufe bist du denn zurückgeblieben! sagen die dazu, die man hier trifft. da ist man wohl völlig falsch, am völlig falschen ende der leitung sitzen wir, unter strom stehen wir jedenfalls

nicht wie die andern hier, ausgezogen, das fürchten zu lernen: diese designhunde, ex-autonome, girlie-klumpen. haben sich wieder einmal zusammengezogen auf einen raum – was heißt raum? ein echter wahrnehmungsknoten, ein richtiger präsenzklotz ist das hier! – und was ist passiert? – irgendwann hat wohl einer den wunsch geäußert, den „versuchungen des popism" zu entgehen, was niemand im raum ihm verwehren wollte – nein, niemand wollte sich ihm da in den weg stellen, und „mitmachen!" hat er auch nicht gerade gerufen, nein, er stellte es nur eben mal so vor, und man ließ ihn auch reden, und so triste wäre das auch nicht, doch – und, was sagt er jetzt? – irgendwas über dissidenzstrategien, die sich in ihrer strategizität nicht auflösen. – ach so, na dann.
na, er macht bei den 100 wörten des jahrhunderts jedenfalls nicht mit, das kann man ihm nicht gerade nachsagen, in eine goldgräberstimmung ist er nun wirklich nicht verwickelt, kann man auch nicht behaupten, nein – eben „ein echter mike-davies-renner in dieser stadt!"

„an einer üblichen stelle muß man stehenbleiben können und mitsingen, nur so leicht findet man die nicht."

mitsingen ist auch nicht wirklich angesagt, eher schon am telefon hängenbleiben, das ist jetzt voll im kommen: immer mehr bleiben in ihrem real-audio-geschehen – loop-menschen, die wissen, wo eingang und ausgang ist. mitmischen, gemeinsam einen ton erzeugen, der um die welt geht. von riga bis australien. – immer nur derselbe autounfall? – aber nein: self extracting radio, call for live-streams! der sender ist empfänger und umgekehrt. „na, dann mal los!"

am ende der werbewirksamkeit ist man hier jedenfalls nicht, schon zwei etagen darüber sitzen die nachmieter in ihren world-wide-hemdchen. – machen aber genau das gegenteil. – vereinzeln etwa ihre erfahrung in anekdoten? sitzen sie stets zu zweit im stil einer elektronischen unterhaltung und betreiben dabei ihr verkleinerungsgeschäft? – aber nein! volles rohr auf berlin, sagt man dort nicht umsonst in unterschiedlichen versionen. vor einiger zeit gab man noch new york, london und tokio als beispielsätze an: doch heute fallen hier die ereignisspäne, wird behauptet, und an den wichtigen stellen schrammt auch immer ein dj vorbei, der erklärt sie uns – bestsellerknochen hat der im leib: ach, wie kenne ich alle hypes: anti-hype, synthi-hype, „natürlicher" hype – er weiß da bescheid, er kennt alle sorten von bewegung, die durch die medien gehen, er kenne sich da aus, gibt er jetzt bekannt, er beobachte das schließlich seit längerem:

„offener kanal, das ist niemals kult.
dauerwerbesendungen, das ist jetzt kult."

tourist und aktionär, meint er weiter, das seien die zwei seiten einer medaille, die aggregatzustände des postmodernen menschen, da bleibe kein rest in dieser gleichung – man hinterläßt dabei so einen oberflächeneindruck, nichts genaues, keine reibung, keinen widerspruch, nur verbindungen, fließender übergang – free floating energies.
schrumpft die stadt auf ein einziges foto zusammen, von so trendscouts, niedliches gebüsch, meist männlicher provenienz – fugendicht, fundicht verschlossen,

können einfach nicht die *tomb-raider*-schichten an ihren körpern ausmachen, bleiben stets angeschaltet, da ist nichts zu machen.

8

auch die post-punk-portion aus kreuzberg haben sie schon eingezogen, schade, man hat sich irgendwie an ihn gewöhnt, er steht jetzt nicht mehr im vierten stock am fenster über der oranienstraße und beschallt die halbe stadt mit seiner wahnsinnsmusik „zum ersten mai", starrt dazu abwesend in die vorüberziehende menge – langanhaltende avantgarde, wollte man ihm eben noch wünschen, doch geht das jetzt nicht mehr, der ist verschwunden –
– ach, der, der machte doch bei jeder mondlandung mit.
– auf dauer nervte es einen.
– so lebensbatterien hatte der: überladen.
kurzum: „soviel neuland betrittst du auch wieder nicht!" wollte man ihm noch sagen, das kann man jetzt nicht mehr – sind sie ihm etwa auf seinen restschnupfen draufgekommen und üben den jetzt ein in einem wochenmagazin? so eine post-punk-option adelt ja, und ununterbrochen geadelt werden muß man schon heutzutage als printmedium. da heißt es nichts wie: „differenzgewinne einfahren!" – während für uns nichts übrigbleibt!
– richtig, hier jagen nur so sportsgenossen vorbei, dann ist es einen augenblick lang still, und zu guter letzt stromern noch so volksbühnenkinder nach, in bierdosen aufgewachsen, halten diese immer noch in der hand.

na, der helikopterspezialist zeigt sich jedenfalls auch wieder im kiez – hat sich die euphorie in mitte in den mietpreisen niedergeschlagen, und so kommen sie alle zurück. auch er steht jetzt am eck mit gelber sonnenbrille und military-look, hält beide arme verschränkt und tankt. – was tankt er da? atmosphäre? oder hat er sich etwa auch gesagt, man müsse vor ort bleiben, falls was passiert?

9

in neukölln jedenfalls kann man jetzt in ruhe seine kriegstagebücher führen, nein, für den *spiegel* nicht, kriegstagebücher so ganz für sich, so im nebenzimmer, denn auch hier ist die realo-welt geladen, sie floppt auf seinem schreibtisch. auch da finden sie statt, die stellen aus krieg und nichtkrieg, er hat sich in ihnen schon mal umgesehen, während sein bruder im nebenzimmer immer noch computerspiele spielt. – aber diesmal in echt!
denn hier will man auch sonst nicht mehr so tun als ob, hier will man es auch sein in echt. hat der glatt behauptet, einen digitalcomputer habe er jetzt, keinen pappkameraden an computer. – stäbchensehen, aber internet! „dein computer kann nichts", informiert er aber schon den kleinen, „ausschaufeln muß man den erst! das ist die reinste hinterhofelektronik, die du da hast, so ein wald- und wiesen-pc!"
man sieht: auch hier, wo die menschen stattfinden, die „kein glück hatten", gibt es stellen aus krieg und nichtkrieg, aber nicht das volle programm, weiß er schon wieder, nur shareware! „die vollversion, hörst du", schreit er, „kostet ein vermögen, die kriegst du niemals!"

„ja, verteilungsfragen werden nur noch in unangemessener schärfe besprochen, nämlich in gar keiner.“

10

zählen sie etwa schon wieder? – aber nein, in treptow hat nur einer seinen privatosten aufgemacht zwischen den schrebergärten und zwiebelmärkten, so zum reinschnuppern, nicht –
nein, hat einer seinen privatosten aufgemacht, von schlechten eltern ist der nicht. so zum reingucken und dann wieder weiterspazieren, nicht, nein –
„aufschwung-ost“ trabt hier an ort und stelle, das ist des bauers einziges pferd, könnte man sagen, „meine stasi-akte“, so heißt der wirt. ja, permanent an der theke zu stehen und bierdeckel in den raum zu schnippen ist es eben auch nicht. – macht einer seinen privatosten auf, der verschwindet im fernsehen nicht, aber so im kleinen rahmen bleibt der schon – da kann man noch was anfangen, und wer weiß, was daraus noch wird? alle augenblicke wird ja jetzt eine seele des ostens wieder tauglich, ein kleines abfüllprogramm, abendprogramm – so eine charles-dickens-region ist da ausgebrochen, kulturell kannst du echt was abgreifen!

nur, lebt man noch im vorigen jahrhundert? sollte man sich da schon mal fragen: ja, herrschaftszeiten! lebt man da noch immer im vorigen jahrhundert, oder hat man das diesjährige schon am laufen? – allein, man weiß es nicht. was solls – war jedenfalls anstrengend, das jahrhundert. das ansteigende wollte man es nennen, und am schluß dann die pointe. – die wird aber nicht verraten! – nein, die wird gleich abgeknallt.

doch vorerst war ja noch bis zehn zählen ausgemacht, danach sich in einer geburtstagsparty zusammenschweißen, die einmal länger anhält: sicher, spiegel-tv-fähig ist man deswegen noch lange nicht. dabei war die stadt eine zeitlang grundsätzlich spiegel-tv-fähig, sie gab quasi immer den bonus-track ab in jeder sendung, besonders die bösen vororte und die bösen innenorte. doch die fetten jahre sind vorüber, kein hahn kräht mehr nach dieser stadt. inner-city, bürokrise. no eclipse! „dieser fahrstuhl geht nicht mehr." – „ja, jetzt heißt es nebenfähigkeit beweisen, kein hauptausgang."

reste von erwerbsleben

(film:)

neues geld ausbaden für einen hungerlohn, nennt man das hier. wie immer hat sowas wie das wetter beherrschende funktion darin eingenommen, heißt es, doch das ist natürlich gelogen – neues geld ausbaden und keinen schritt weiterkommen, aber immer hübsch global bleiben dabei, drangenagelt und hufeisenförmig die augen: glückes schmied! aufgeschlagen auf ganzer linie, da hat man die durchwahl in den augen praktisch selbst angefangen, jetzt muß man durch damit.
nur wirklich global ist ja keiner, aber zusehen tun alle, ich meine, niemand weiß bescheid, aber alle gucken zu. obschon niemand mehr zeit hat, geschweige denn geld – „ist ihnen denn nicht aufgefallen, daß niemand mehr geld hat, dann wird es jetzt aber zeit, meine liebe, das muß ihnen wohl verdeutlicht werden, fahren sie den karren aus dem dreck, aber dallidalli!" rufen sie einem zu. „und bewegt sie sich noch immer nicht, nein, da steht sie und tut keinen handschlag, steht da wie im banküberfall steckengeblieben."

sind wieder dauergäste gekommen und spalten die gegend auf in pro und kontra, wilde debatten entstehen dann um den fortbestand von industrie und lohnarbeit. „investition" sagt hier eigentlich schon lange keiner mehr. und doch „schon wieder dauergäste!" und gemeint ist wohl sie, einzeln kommt sie aber hier nicht rein: „wo ist ihre investmentgruppe, wo bleibt ihr rest?" fragen sie aber nicht, die starren sie bloß an. es ist eine kneipe, wie man sie kennt aus naturfilmen, ob sie hier noch arbeiten? achselzucken. und dann beginnt der wirt hinter seinem tresen: „glauben sie, ich stelle mich hier an die spüle, glauben sie, ich mache mir die hände hier für sie schmutzig oder zu türklinken, damit sie nur einmal drücken müssen, und ab geht die fahrt?“ sie stellt sich aber nicht taub, sie stellt sich nicht kaputt, aber an den rand des geschehens, dahin will sie lieber doch: „erste runde für sie!“ gibt sie sich nach einem augenblick aber nicht geschlagen: „nur, sehen sie noch ein anderes zugpferd für sie im raum als diese spüle, diesen tresen, diese tische?“

nichts zu machen, schon ist sie abgestempelt, schon ist sie marsmensch, marschmusik eins und zwei: ab die post! vollführt sie jetzt eine phantastische vorführung ihrer im handumdrehen erworbenen fähigkeiten als fremdwährung? – aber nein! „das muß doch mal ein ende haben, sehen sie das nicht ein?“ – „nein“, sagt der wirt und dreht sich wieder ab.

„haben sie das nicht gewußt“, hört sie ihn aber plötzlich sagen, „neuerdings steckt ja überall geld drin, man müsse es nur rauszukitzeln wissen, quasi aus dem untergrund, dann kommt es und fällt über einen her, erschlägt einen richtiggehend.“ – „ja, möglichkeiten, die im osten liegen, nennt man uns.“ wirft sein gegenüber ein.

ja, eine gründerzeitstimmung auslösen, das wäre es, doch eher bricht hier vorher das große lachen aus. das große lachen, in homöopathischen dosen verteilt erscheint es nicht eben, mehr so teilhabe hat man an ihm, es kann zunächst nicht durch, aber dann, aber dann,

dann bricht es aus. man sagt, es sei ein großer verteiler, denn auf ein gesicht allein paßt es nicht, und zudem kann hernach niemand mehr sagen, es gäbe keine klaren fronten mehr. es ist ja nicht aus der luft gegriffen.

(film:)

andauernd geht die sonne auf. andauernd geht die sonne auf und wieder unter, und einer haut auf den tisch. einer erzählt geschichten aus dem leben, er beugt sich über die tischplatte und lacht – und wir sind gespannt bis aufs äußerste: überhaupt seien da alle ganz okay: auf arbeit seien alle ganz okay, sie wüßten alle bescheid, natürlich nicht die aushilfskraft, die im grunde abgestellt ist zum kaffee machen, zur müllentsorgung, einer, über den man lacht.
jetzt lachen wir, am küchentisch ist platz dazu. darüber die luft, die geht uns schon gewaltig gegen den strich, ja, die saugen wir auf, denn auf strohhalm sind wir seit wochen schon, pumpen uns voll damit.

um die sonne ist kein rumkommen! von ihr ist kein runterkommen. so sieht er auch heute wieder aus. er ist partout fröhlich, hat schon die geisterstadt beruf im gesicht und läßt nicht locker, pfeift und markiert einen auf drastisch glücklich. naja, sollen wir ihm verzeihen, sollen wir ihm das durchgehen lassen das eine mal noch? – aber ja, sonst gibt es nichts zu erzählen, sonst gibt es keinen anfang, kein ende, und die mitte ist auch die reinste fiktion.
also man grüßt sich und küßt sich, und weiter gehts mit einem kleinen geschlechtsverkehr unterm tisch leider nicht, nein, weiter geht es mit einer tischbombe an

gelächter, denn er hat schon wieder zu erzählen begonnen, läßt luft durch und springt voll an auf unsere nachfrage: er gehe jetzt schon als halber fachmann durch, was seinen job betrifft: „ui, da hast du dich aber gemausert“, rufen wir und kichern, lassen die leinen los, segeln fort mit einer steifen brise: „kommt auch geld raus bei dem, was du tust, oder hat sich das heutzutage?“

wird er natürlich entlohnt, nickt er, wird er natürlich voll entlohnt, völlig entgeistert sehen wir ihn an: kaufen wir ihm das ab, kaufen wir ihm das wirklich ab? na, das eine mal noch, beschließen wir leichtfertig, damit es irgendwie weitergeht, doch teuflisch, teuflisch, denn bald will er nicht nur trendsetter sein, bald geht er wirklich in die praxis rein, und wir müssen dann ordentlich hineinsemmeln, um ihn da wieder rauszuhauen.

und eisern fängt die sonne wieder an zu leuchten, sie springt nicht eben über ihren schatten, sagt man, diese tage scheint sie praktisch von allein, an dieser hinterhofwand steht sie geschrieben, mit vorderausgang und hinterausgang, und drinnen wird man abgefertigt. er jedenfalls ist nicht wieder aufgetaucht, er ist einfach nicht mehr erschienen. trotzdem wieder der tisch, die runde. denn voller praxis sind auch wir, nur die energien gehen eben in die falsche richtung, sie gehen unter die haut, statt oberirdisch weiter, hinaus müßten sie. da fehlt der weltbezug, in den man sich einschalten und ausschalten kann. und so beginnt der himmel wieder zuzuwachsen, bald entkommt man ihm so gar nicht mehr, letzte schlupflöcher noch gesehen, aber auch das hat sich bald.

(film:)

hat man für sein auge ein löchlein gefunden zum durchschauen, ist es doch gleich wieder da, das idiotische verhältnis der dinge, die ganze ökonomische seite der welt – und was sieht er da? geld machen wie heu wollen im prinzip jeden augenblick alle, die volksdroge rendite geht um, kaum aus dem kaugummiautomaten raus ist man, schon will man zinsen sehen, kapitalausschüttungen noch und noch: abgreifen, aussaugen, abschöpfen. lange genug hat man vor dem geldrätsel gehockt und sich gefragt, wie man es lösen kann, so ganz für sich, so ganz individuell, und plötzlich geht es wie von allein auf. denn jetzt ist nicht nur die telekomschneise ins volk gelegt, da gibt es auch andere möglichkeiten. und gibt es auch immer wieder so einen, den man dabei schule machen sieht, der es versteht, so eine orientierungsphase schnell hinter sich zu bringen, danach umzuschalten in die verschiedenen modi des sprechens, denkens, gehens, um zum ziel zu kommen. geradlinig heißt man das, durchwegs geradeaus: geld machen wie heu kann er im prinzip eben nicht immer, hat er uns informiert, nur so manchmal, so zwischendurch, und hat an seiner zigarette gezogen. jemanden kennen, damit fängt es an, hat er uns erneut erzählt, jemanden bei einer behörde kennen beispielsweise oder einer bank, jemanden ganz unauffällig zusammenkennen, hat er uns informiert, dabei immer einen plan parat haben für alle fälle und dann schnell zugreifen. ja, die gegenwartstüten sind gleich zu öffnen, in die man später schon noch spucken kann oder auch nicht, aber zuerst einmal kräftig hineingreifen, hineinlangen muß – tigerstaaten, hat er sich unterbrochen, sie alle haben mal klein angefangen, hat er am sofa gesagt, ja, da saß er noch am sofa, jetzt sitzt er nicht mehr da.

einen weltstar in den knochen sitzen fühlen, so hat sie es verstanden, das ja, aber immer nur kurz vor dem durchatmen, kurz vor dem ausbruch, ihn aber immer klein halten, ihn gerade so am leben halten, nicht zu dick auftragen, mit ihm eben haushalten: daß du ja nicht aus dir rauskommst. denn so einer im kniegelenk ist an sich kein grubenunglück, er ist mehr eine geldanlage, doch so einen in allen knochen sitzen zu haben macht jede bewegung praktisch unmöglich, trotzdem juckt es einen, so ein bißchen am lack zu kratzen, das darf aber nicht sein – und so wird sie ernster dabei und stiller und älter, sagt bald nichts mehr, tut nur noch auswählen aus dem pool an prominenz.
ansonsten, sagt man über die beiden, zwischen ihnen alles aufgelöst in psychologie.

(film!)

gespalten wird der kopf ohnehin, jetzt wäre es gut zu wissen, in welche richtung das ganze geht. fällt der eine teil nach links, richtung arbeitsamt, der andere nach rechts, richtung sozialamt, oder partout beide nach vorne zur ohnehin beschleunigten lage. egal: heraussteigen wird oben mit sicherheit wieder weniger eine emilia galotti als eine formatpuppe in tadellosem zustand, eine lässige zink-kupferlegierung: hart im nehmen, die puppen von heute, durchaus standhaft, aber dynamisch, und erhitzbar auf mindestens 100 grad. nur kein esprit. (hoffmann) sie atmen sich ein, das ist alles, was sie können. obwohl: man würde gerne verreisen, nach wie vor.

„das unheimliche der puppen ist", erinnert sie sich, habe er gesagt, „sie fangen stets ein neues leben an, während man selbst immer nur das alte zur verfügung hat."

sind wir ja alle global geworden, nachbarn auf beiden seiten quasi, das globale dorf hat zugeschlagen und uns voll erwischt, jetzt läuft alles zur wirklichkeit über, die so aussieht, als kennte sie einen beim namen, als wäre jede durchwahl bekannt. so sind wir durch und durch verkapselt in unsere nächste nähe, wir geben uns permanent die hand, denn jetzt kommt alles im weltraumformat, welthaltig wird, was uns bekannt.
„nachbarschaft ausbauen“ heißt die bewegung, die durch den kontinent geht, doch wo anfangen, wohin sich wenden, „mitbürger“ heißen ja jetzt alle und „mitmischer“, nischenhusten hat jetzt keiner mehr, sondern alles ist ganz auf zentralheizung.

ja, die bilateralen beziehungen tauchen auf, an allen ecken und enden, dabei ist die nachbarschaft zu frauen noch nicht erwiesen, nur die zu kindern stimmt total, wenn sie auch extreme menschen sind, wenn sie auch nicht aufhören können, so haben sie doch mit uns einiges zu tun. wir sind uns begegnet quasi, wir halten uns so am laufenden über dies und das, wir halten dicht auf beiden seiten, doch seit einiger zeit hat sich das abgebaut, seit einiger zeit haben sie sich abgekoppelt, sind schnurstracks verschwunden. rückbinden! lautet deswegen mein auftrag, wahrnehmen und ausbauen die generationsmäßige nachbarschaft, denn sonst stehen wir eines tages ganz ohne sie da.

da heißt es immer, aus dem straßenbild seien sie nicht wegzudenken, es heißt, sie seien allerorts zu haben,

durchtrieben und immer vorhanden, dabei wissen sie den moment für sich zu nutzen: „entkommen“ steht ihnen dann auf der stirn geschrieben. „so wird nie was aus dir werden“, ist schnell zu ihnen gesagt, doch kaum angesprochen, sind sie schon wieder weg. im grunde ist man ja froh, sie loszusein, im grunde steht geld dazwischen, zwischen ihnen und uns, eine harte grenze, doch wenn es ums verdienen geht, kann man nicht klein beigeben, nicht in diesen zeiten, nicht in dem stadtviertel, nein: hier wird nicht gespart mit drohungen gegen sie. „die sprechen ja nicht einmal unsere sprache“, sagen alle, das ist eine ausgemachte sache. tatsächlich hat es nicht nur den anschein, sie haben wirklich ihren slang, dem zu folgen außenstehenden unmöglich ist – weiß der geier, woher erworben, wie entstanden, letztendlich ist ja nicht einmal sicherzustellen, woher sie selbst kommen. natürlich heißt es: aus den unterschiedlichsten familien, aber damit ist nichts gesagt, auch die zuordnung zu einer klasse oder berufsgruppe stellte sich als unzureichender versuch heraus, ihre herkunft zu bestimmen, nein, da muß man schon ganz anders rangehen.
außerdem gibt es keine klassen mehr, es gibt ja nur noch konsumgruppen, deren teilnehmern man unterstellt, permanent ihre geschmacksrichtung zu verfehlen. das ist noch einmal gut gegangen, haarscharf! atmet man auf, während die verkäuferinnen sich schon zunicken: falsche auswahl!
nur kinder nehmen anscheinend stets das richtige mit: weil eben unter ihnen noch wahre statussymbole kursieren, sie haben noch ein verhältnis zu den dingen, während bei uns alles danebengeht. aber das mag daran liegen, daß sich ein großteil der menschen hier nichts mehr leisten kann, auf dauer hat hier eben niemand geld. deshalb dachten zunächst viele, die kinder könn-

ten uns retten, wenn sie nur eine kaufkraft entwickeln würden, eine ordentliche kaufkraft und schubkraft, da wäre schon viel getan für unsere wirtschaft, die würden sie ordentlich ankurbeln, aber sie klauen nur, sie kaufen nicht, sie stehlen, ja, das können sie, und wie.

die kaufhäuser zu beiden seiten dieses platzes haben jedenfalls schon ihr sicherheitspersonal verstärkt, und doch schaffen sie es immer wieder –
– wie?
– ja, ich nenne sie prophylaktisch die vorarlberger, in anbetracht meines heimatlandes, doch das bringt sie mir auch nicht näher –
– wie sie überhaupt aussehen? immer mehr wie ausländer sehen sie aus –
– nein, sie organisieren sich eben, allein ist ja nichts auszurichten, haben sie kapiert, und genau das wäre ein anhaltspunkt.

doch sie bleiben wohl in einer art sicherheitsabstand zu mir, so, als ob es hier keinen teppich gäbe, den man langziehen kann, und dann rutschen sie aus, selbst hunderte meter entfernt. in jedem film zeigen sie es her, hier aber hat es noch keiner kapiert. mit der luft ist es dasselbe: sie verbindet uns kostenlos, könnte man sagen, ein leichtes ist es seit jeher gewesen, über sie sowas wie kontrolle zu wahren, über sie dinge auszulösen, die jenseits der willentlichen beeinflussung einzelner stehen. doch sowas schlägt ja auf einen zurück. das ist mir letztens passiert.
jedenfalls steht alles in einem wechselverhältnis, das eine greift ins andere, und das andere ist derweil schon immer einen schritt weiter, kybernetik nennt man das – aber lassen wir das.

noch immer nichts von ihnen zu sehen, die stadt ist ja seltsam vierspurig hier, und alles auf der überholspur, das ist der krieg aller gegen alle, lachen die verkäuferinnen und meinen das weihnachtsgeschäft. nulltoleranz, das hat man sich heute schnell auf die fahnen geschrieben, ich aber verstehe langsam keinen spaß mehr, denn noch immer ist kein kind zu sehen, nur so angebote an kindern, die nicht recht taugen. denn das hatte ich schnell heraußen: was man heutzutage für ein kind hält, hat meist die besten jahre schon hinter sich. da ist nichts mehr rauszufiltern, was irgendwie authentisch wäre. falsche hasen allesamt, unechtes gebüsch, trau deinen augen nicht! habe auch ich mir gesagt, bis ich verstand: man muß sie eben erst hineintreiben, sie zum gleichaltrigen gespräch locken und dann vollkommen hineinrasseln lassen in ihre jugend, sie dann aber nicht wieder ausbüchsen lassen, nein, sie müssen drinnenbleiben, damit stabile beziehungen zu ihnen gewährleistet sind, müssen sie drinnenbleiben und auf einem parallelgleis weitersegeln, weitergehen ins unendliche in strikter kindlichkeit.
nichts anderes habe ich gemacht.

doch es ist wie immer, kaum hat man einen ansatz zur lösung, kehrt sich alles gegen einen. da heißt es beispielsweise, ich verursachte einen haufen arbeit, wo immer man auf grenzen stoße, treffe man auf mich, es solle ja niemand zu schaden kommen, aber große lust habe man eben nicht mehr auf mich, mehr so ein umgebungsdrücken stellte ich dar, das wird jetzt beseitigt mit großem hurra.

seltsam, man hält mich nicht für flächendeckend, sie glauben, man kann mich an einer hand abzählen.

funschmutz

man ist heute schnell mit göttlichen zuschreibungen, doch seien wir einmal ehrlich: wer ist noch eine ware, ich meine, wer kann sich das noch leisten? überhaupt: ständig eine finanzielle beziehung zu allen dingen zu unterhalten, wie soll das gehen? das erfordert ja unbekannte ausmaße an tricktechnik, an strategischem vermögen, an unterschlupf in besseren zeiten.
ja, wer ist noch in gegenwart des geldes leise, niemand! alle schreien sie durcheinander, aufeinander ein, doch das geld stoppt ja nicht vor unseren füßen, nein, es geht immer in uns rein, durchdringt uns sozusagen von allen seiten, regelt den verkehr. und dann die waren, die einen ständig aufsuchen, und man selbst bleibt doch nur auf halber strecke liegen. denn da ist alles abgekupfert, was man heute warenbeziehung nennt. im prinzip tun wir nichts mehr als nachahmen – ja, nachahmen bis zum äußersten und bleiben dann doch nur stecken in diesem kopiervorgang, stolpern über dies und das, straucheln über eine falsche bewegung, eine falsche kombination. ein richtiges verhältnis zu den dingen müßte her, da müßte man völlig neu rangehen, da müßte viel übersetzungsarbeit geleistet werden, denn die dinge sprechen eben ihre eigene sprache, die wir heute immer weniger verstehen.
deswegen haben viele erkannt: sich nicht verwursten lassen in die nächste nähe, immer hübsch abstand halten, immer hübsch in zweiter reihe stehenbleiben und nicht gleich zugreifen! denn die oberfläche der dinge läßt nicht locker, gleich ist es um einen geschehen, da braucht es nicht viele probebohrungen, um zu wissen,

was dann geschieht: man sitzt fest in der falle, aus der führt kein weg mehr heraus, bis man selbst total überaltert entlassen wird, sich schleicht, wie es heißt, ein bleibender rest, der nicht mehr recht körperlich wird.

musterwohnen: so fängt es an. jemand kommt, macht einem ein angebot, das man nicht abschlagen kann, und schon heißt man bernd meier, wohnt in tempelhof, hat zwei kinder und einen bürojob, der einen nicht eben zweiteilt, aber immerhin ablaß erfordert, aderlaß im gemüt und ständige reibereien mit der eigenen innenwelt. jedenfalls fällt man andauernd geschmacksurteile, die konsumentenkompetenz kommt auch nicht zu kurz, sie wird ständig neu ausgebildet, weitergebildet, und nebenaktivitäten fädeln sich von selbst ein, nebenaktivitäten beginnen von selbst über einen hereinzuschneien, ja: hustensaft ein! augen aus, so läuft das getriebe, kurz, seit gerhard schulze ist klar: aus dem musterwohnen führt kein weg mehr heraus.

doch „das sind ja die achtziger, das kann man heute nicht mehr so sehen!“ das sind die achtziger, du liebe güte, wie konnte man das vergessen, wie konnte man das übersehen: die zeiten haben sich geändert, sie tauchen nicht mehr so wie früher auf, sie gehen immer weiter und lassen keinen lange daneben stehen. dabei hat sie ja nur einen moment im fischer weltalmanach geblättert. ja, im *fischer weltalmanach ’98* blättern und bis zur deutschlandseite kommen, da die wahrheit herausfinden wollen, kann mitunter gefährlich sein, denn jetzt hat sie glatt den faden verloren – ja, lebt sie denn noch im vorigen jahrhundert? fragt sich auch schon ihr mann, mit dieser einstellung komme sie jedenfalls keinen schritt weiter, das hat sich doch schon längst als falsch erwiesen, was sie noch für eine frage hält – doch viel hat man danach auch von ihm nicht mehr gehört.

immer am technischen stand seiner zeit zu bleiben, da immer an vorderster front zu sein, bewahrt einen aber auch nicht vor manch mißlicher lage. so wollten zwei erwachsene, ein kind – zwei erwachsene, ein kind –, wollten nicht zurückfallen hinter diese linien. technisch involviert ist man ja von anfang an, zwar heißt es, die menschen kommen immer komplett zustande, ihnen fehlt nichts bei ihrer geburt, doch sie stellten genau das gegenteil fest: unzulängliche ausstattung, aber auch unzulängliche entwicklung der anlagen findet statt. „wieviel technik braucht man, um zu überleben?“ und nicht: „wieviel technik geht in unser wohnzimmer rein?“ war ihre frage, trotzdem war sie dann plötzlich da, die eduscho-technik, die otto-technik, die quelle-technik, sie war sofort zur hand. und während jetzt andere von betrug sprechen, von warensendungen, von denen sie angeblich nichts mehr wissen wollten, können sie sich tatsächlich an nichts mehr erinnern, ja, man sehe da auf eine weiße wand. (inkassoinstitut?) wird man jetzt abgeschossen? – mööööglich ist es schon... man wird jedenfalls in einem schwebenden zustand gehalten ... nicht vor noch zurück. – was nun? abwarten?

bloß nicht. nicht dem zweiten thermodynamischen gesetz folge leisten, würde der typ im jogginganzug da drüben sagen: schneller werden, schneller sein, den anderen gehörig davondüsen, immer ein paar schritte weiter sein, würde er sagen (würde wer sagen?), und: vorne die nase, hinten der mund, so sollte es sein, bloß nichts preisgeben, bloß nicht über die stränge schlagen mit einem kommunikationsangebot, haushalten, würde er sagen (würde wer sagen? na, die handytype da!), doch kann er es nicht mehr, denn was hat er selbst gemacht? er ist ständig auf sendung gewesen, war überall vorhanden in jeder talkshow, im radio, in diversen zeitungen breitete er sich aus, und jetzt muß er wohl ein parallelleben veranstalten, im eigenen hat er nämlich keinen meter, im eigenen ist er von einer bandbreite an öffentlichkeit überrannt – (wer? – na ... ach, jetzt ist er weg.)

auch bei sabine hat sich ähnliches ergeben, wenn auch mit umgekehrten vorzeichen. doch solange der spicegirl-vorrat reicht, wird er auch abgepumpt aus ihrem gesicht, fühlt sie sich sicher, da kann sie nichts machen, da kann sie sich noch so ein bein stellen, bei der erfolgsstory hängt ihr name dicke mit drin: ihr werdet schon sehen, hat sie den andern noch zugerufen, doch die winken bloß ab, lächeln so komisch, und sie lacht auch immer noch mit. denn bis sie wieder konturen annimmt in ihrem leben, muß sie auch dabeibleiben beim lächeln, bis sie wieder deckungsgleich mit sich selbst wird, kann sie nicht abkürzen den weg durch dieses gesicht. ja, sabine, das ausrufen von generationen, das ausrufen, ausufern der gleichaltrigkeit kann mitunter zu problemen führen, denn immer gleichaltriger muß heute alles werden, immer gleichaltriger sind wir miteinander bekannt. gerade sie hat da stets den vogel abschießen müssen, doch gerechnet hat sie damit nicht: szenen haben nicht nur was gleichaltriges, szenen sind auch immer innerhalb. dann und wann kommt es zu ausschlußlisten: peng! hat es wieder eine erwischt, das war sabine, und jetzt ist es nichts.

wer auch nicht mit von der partie ist, ist frau berger, dabei hat sie sich so bemüht. man hinterläßt ja insgesamt mehr so einen oberflächeneindruck an orten wie diesen, nichts genaues kommt dabei raus, und doch: auch in gruppen sieht man aus, auch aus gruppen kann man sie herauskennen, da kann man sie festlegen auf ihre person: frau berger! kann man rufen, und sie verschwimmt – verschwindet dann nicht, „im gegenteil!" ist sie versucht zu sagen. sie wolle sich ja nicht vordrängen, sie wolle in ihrer firma gar kein einzelexemplar sein, was ganz besonderes, nein, wiederholte sie, „bloß in die beispielreihe wollte ich rein ..." – aber nein!

doch

man spielt ja nicht ewig den verletzten, haben sich schon ihre nachbarn gesagt, manchmal muß es auch was anderes sein, und genau das haben sie sich vorgenommen: eben gleich die dinge klären, gleich zur redaktion gehen, doch da war niemand mehr vorhanden, da war nichts mehr zu sehen – ja, nur auf werbefriedhöfen bleibt heute noch zeit: hier stirbt das t-shirt aus, hier wird das waschmittel begraben, hier kann der tapfere toaster übergewicht bekommen, von der verkaufsform wird er jedenfalls nicht verbraten, nur hier raucht der pulli in erinnerung aus, selbst weiß man ja schon längst nicht mehr, wo der kopf einem steht, so zumindest würden sie es formulieren: unter druck hätten sie allzu lange gestanden, sie seien praktisch nicht mehr vorhanden, doch jetzt wollten sie wohl ein wenig eigenleben haben und haben sich da so richtig hineinverrannt, haben die einbahnstraße nicht erkannt, mehr noch: der wagen ist geparkt! hat man sie mehrmals gewarnt, aber sie wollten es nicht glauben, sie geben ja immer noch vor zu fahren.

ausgangspunkt war auch für ingo lüders, mal wieder ein bißchen lebendig zu sein, mit einem heißhunger zu verknüpfen seine lebendteile. denn immer mal wieder lebendigteile möchte man in sich schon bergen, lebendig-face will man allzeit genannt werden, und dann passiert es, und jetzt fühlt er sich so als junkie verkannt. dabei sind es keine drogen, das ist nur so ein bleiben-sie-am-apparat-ich-verbinde-konsum. nein, er hängt an keinen drogen, er hängt bloß am telefon: sicher, off-line sähe die welt ganz anders aus. but who knows? er mit sicherheit nicht. kein kontakt, wird behauptet, doch an technischen geräten hängt man sich schließlich nicht mehr allein auf, nein, da hängen immer auch andere mit drin. denn mit so einem fremden planeten verwachsen, das möchten heute viele, und so sind sie schnell mal weg. doch mindestens einen toten muß es ohnehin geben in so einer situation (sonst ist sie nicht echt), also passiert es auch schon.

deswegen legt euch ein kind zu, hat man den weiblichen insassen empfohlen, das ergibt einen feinen bodenkontakt. mit kindern sind die menschen weniger bedrohlich, da ist man fein raus aus der sache, da ist nichts mehr unheimliches an einem dran, da werde einem wieder ins gesicht gesehen und nicht nur geblasen, wie das hier drinnen geschieht, und zwar von allen seiten, und zwar allen möglichen dreck. von geld gereinigte verhältnisse gibt es eben nicht, da muß man schon immer was darüberkleben, eine mutter-kind-bindung z. b. macht schon was her. auch eine liebesgeschichte, so weiß man, ist voller menschen. wo geldgeschichten seltsam entvölkert sind, herrscht dort reines fleisch, unvermitteltes nebeneinander, während es ansonsten nur noch charaktermasken sind, distanzbeutel im hirn. doch hat

man für sein auge dies löchlein gefunden zum durchlinsen, so wird man schon wieder zurückgespult an seinen arbeitsplatz für kaum ein geld.
„geld aus eigener tasche" hört sich auch zu seltsam an, reste von erwerbsleben sind auch draußen kaum noch zu sehen, doch immerhin kann man unterschlupf in einem kaufhaus finden, für eine weile mitten im unbunten mix stehen: auseinandermaschinchen, wohin man blickt: ja, sind sie hier etwa alle wieder aufgetaucht, hat man sie alle wiedergefunden, führt man sie jetzt endlich zusammen, diese beispielsfinger an einer hand: und was hat man darauf geschrieben? man weiß es nicht mehr ... ach ja: „amok". und: „kein wunder, daß es da einmal knallt."

auch heute kann nämlich so einiges geschehen, man glaubt es ja immer wieder nicht, es heißt: ist doch stillstand gewesen, hat doch schlußfeier gegeben, hat doch alles dichtgemacht, kommt da keiner mehr rein, die geschichte ist jetzt abgeschlossen, hey, wir haben dichtgemacht, hörst du nicht? hey, komm zurück! doch draußen rennt weiter so ein infantilkind herum, und wie es alle wieder erwischt hat, wie sie mit aufgewärmten augen hinter ihren windschutzscheiben sitzen und herausglotzen. keiner kann glauben, was er da sieht, jedenfalls mit heiler haut davonkommen wollen sie alle, doch immer dünner wird es in dieser luft – abspecken, gesundschrumpfen, entschlacken, das sind die worte, die einem heute laufend einfallen, im grunde denkt man an nichts anderes mehr.

die folgen von all dem sind nicht mehr abzusehen, denn nicht nur die kosten explodieren, auch die kinder: wachsen nur noch, wachsen so still vor sich hin, vielleicht ein surren, vielleicht ein plätschern, aber garantiert nichts zu hören, sie machen nichts mehr, als, gegen den himmel gehend, schlange stehen! ja, kinder wachsen zu stangen zusammen: spannenlanger hansel, nudeldicke dirn! – waren das noch zeiten! doch nicht nur die kinder, auch bei den erwachsenen ist es zu sehen, auch sie wachsen bloß noch, wachsen immer weiter, hören nicht mehr auf, wachsen aber in die falsche richtung, wachsen immer nur nach innen, statt nach außen zu gehen. ja, ein bißchen mehr hätte man schon nach außen gelangen können. doch letztendlich ist es dann immer die herzverfettung gewesen, aber auch umfangreich das vokabular, mit dem man den umstand beschönigt. und nachher will dann keiner was gewußt haben, nachher weiß man dann immer besser bescheid.

(also: schnurstracks auf einen anderen planeten auswandern, so wie die dinge jetzt liegen, so wie alle das machen, mit den marsmenschen gut freund sein, so tun als ob, als wüßte man bescheid, als hätte man verstanden.)
(also: schlampige drogen nehmen! sich verschleudern, bloß nicht als grabbeigabe der technik enden, bloß keine gleichmäßige temperatur im körper entwickeln, mehr so an den rändern ausfasern, sich mehr so an den rändern entwickeln, nicht im zentrum – epizentrum!)
(also: das eine oder andere verbrechen zahlt sich schon aus …

doch mit mir ist da nicht zu rechnen, das muß schon ohne mich geschehen. denn von der musikindustrie bin ich noch nicht entwickelt, ja, von der musikindustrie bin ich sauber verkannt.)

sich allein auf mental maps auszuruhen geht eben nicht, werden sie sagen. sicher, es gilt, möglichst schnell zu einem psychischen stadtbild zu kommen, mit den orten muß man verbunden, mit den orten muß man gemeinsam sein: denn „legen sie sich mal sowas wie ein persönliches stadtbild zu", hieß es plötzlich, mitten in die akademikerschwemme riefen sie es hinein, ein persönliches, und dann erzählen sie uns mal genauer, was hier so abgeht, aber so durch ihre linse, so durch ihren psychoapparat, rücken sie mit ihrer sprache raus. so geht hier der telefonsex, kapiere ich, so läuft hier der hase. ja, hier gibt es ein unternehmen, da kann man anrufen und sich was aussuchen, einen stadtteil, einen straßenzug, sogar das umfeld eines gebäudes. und dann erzählt einem einer was darüber, das ist wie beim taxifahren, man ruft an, und jemand schießt los, erzählt einem etwas persönliches, psychokompatibles zum eingewöhnen, zum herzlich werden mit dieser gegend.

so durch meinen psychoapparat durchzuwursteln bin ich schon, was diese stadt betrifft, und so wurde ich hier wohl engagiert, doch keine herabdosis finde ich für diesen ort, und so wird es bald heißen, die reinste amokläuferin sei ich, auseinanderstöpseln tu ich die enden der straßen, bis sie alle wieder auseinanderdriften, weitersegeln in neue räume – ins unendliche nicht. denn kein straßennetz hält, was es verspricht.

ein knallhartes profibild von dieser gegend hier schießen könnte ich schon, doch dazu müßte ich erst aus

karstadt rauskommen. das ist aber nicht so einfach, denn bei *karstadt* am hermannplatz ist um halb acht die hölle los oder besser gesagt die anti-hölle: stehen so ein paar jungkünstler herum, szenegestalten, die sich hier einen einsamen einkauf versprechen, was ruhiges jedenfalls. da sind sie, die menschen in der krise, wie man heute jeden zweiten nennt, und jeden zweiten kann man auch so nennen – jedenfalls sind es ernste junge menschen, die die welt umgestalten wollen mit ihren technorhythmen, mit ihren gegenstandsrhythmen,
mit ihrer eigenen thermodynamik
stehen sie da.
man erkennt sie an den frisuren, der kleidung, an was auch sonst? am behaviour? aber nein. spurenwechsel! empfiehlt sich da, doch der soundtrack zum bioladen ist wohl noch nicht erfunden –

doch selbst beim bahnhof zoo geht nichts weiter. weiter geht allein der schriftzug *hit* an der brusttasche des schmutzigweißen kassiererinnenkittels, der so gar nicht zum geschäft paßt: *ullrich* am bahnhof zoo, mit zwei ausgängen: einen zur hardenberg-, einen zur kantstraße – „vermutlich stammt der kittel aus einer zeit, in der das geschäft aufgrund der billigangebote noch *hit* hieß, irgendwann pleite gemacht hat, übernommen oder einfach bloß aus marketingtechnischen gründen umbenannt wurde." solche sätze denkt man sich in der dazupassenden schlange, und drei weitere schlangen neben einem warten mit, alle menschen, die abfahren und sich für die reise noch ein bierchen kaufen wollen, doch zu dieser reise kommt es nicht.

dasselbe bild auch in treptow, im *extra*-markt, am kiehlufer, auch da stecken sie fest. allerdings so alkoholiker-

visagen, die immer irgendwo einen hund laufen haben. ja, von den fern- und nahwirkungen des alkohols betroffen, kommen die „zerstörten gesichter" traditionell zu *aldi* oder zu *extra,* denn hier haben die produkte noch preise und keine technischen zahlen. ein supermarkt mit menschlichen ausmaßen? – aber nein! die unbewohnbarkeit eines geschäfts muß ja nicht gerade erwiesen werden, aber hier steht sie von vornherein fest. da ist nichts zu machen, zwischen den regalreihen fällt einem nichts mehr ein: „kommt gar nicht in die tüte!" und draußen die zentrale hundestelle. keine höhenmeter, hundehöhenmeter, für menschen hat es eben nicht gereicht: „laß meine freundin in ruhe, weil das ist meine freundin!" grüßt man sich vorsichtshalber und kommt dann doch nicht vom fleck.
ganz zu schweigen von den einkaufsgeräten am potsdamer platz, in der friedrichstraße, am alex, im shoppingcenter friedrichshain, kurz: wohin man schaut, bleibt alles im einkauf stecken. „stadt in bewegung", nennt ein ex-jugendsenator das, und so eine stadt in bewegung bleibt eben nicht für einen stehen, im gegenteil, man muß immer mit.

man hätte sich ja direkt gebäude gewünscht, die aus der haut fahren können, „doch soweit sind wir wohl noch nicht!" hat dazu der regierende gesagt, „aber kommt schon noch!" denn alles auf überholspur plötzlich – ach, wie stufenlos ist diese gegend geworden, immer gleich auf sturm, permanent auf sendung, nur man selbst hinkt hinten nach. nicht direkt sandpolster unter den augen brauchte man, aber gedächtnisstützen sollten es schon sein, damit man sich noch orientieren kann.

immerhin gibt es geräusche, geräusche zur orientierung überall. nicht nur hört man die u-bahn, s-bahn, die preßlufthämmer, nicht nur hört man das lärmen des nachbarn: entweder tekkno oder country-music, you choose? danebst: anfahrende autos, hundebellen, wasserleitung, handy-geräusche – ja, der handy-lärm, an manchen stellen der stadt nimmt er schon überhand, „gehen sie jetzt immer auf dem balkon über uns auf und ab und telefonieren da“, führen ihre gesprächsgespräche: junge schauspieler, medienmanager, webdesigner, pr-people, kommen aus allen ecken und erzeugen ihren handy-lärm – doch ist das alles, was man hört? – nein, da gibt es noch ganz andere geräusche: technische geräusche, störgeräusche, geräusche, die lieber keiner beim namen nennt – überwachungsgeräusche, datenbeobachtungsgeräusche – doch will man den geräuschquellen nachgehen, lassen sie einen nicht, sie lassen einen nie wirklich ran.
so sieht es nämlich aus: sender überall! doch wo ist er denn, der *sendermann,* der auf diesen gedanken kam, sie haben ihn wohl ausgetauscht, „sprich dein überreelles englisch nicht mit mir“, hat er noch gesagt, letzte botschaft an die welt! und jetzt ist wirklich so ein falsches englisch hier – da sprechen heute alle ihr falsches englisch, ihr falsches deutsch und japanisch: keine echten sprachen gibt es mehr, morphogenetische felder dafür umso mehr. die zeichen mehren sich! geheimpläne, geheimcodes, geheimsprachen werden überall entworfen, ein jeder zweite bastelt an seinem hackerkokon – ja, späte pynchon-früchte nach hause tragen will man ganz allgemein, und doch kriegt niemand mehr seine paranoia richtig hin.

denn paranoia fängt heute nicht mehr mit p an wie deleuze und hört mit einem z auf wie pynchon, und mittendrin findet sich, wenn man nur lange genug sucht, noch ein c, ein wackliges c, das kann man den volksbühnenheinis zuschreiben, wenn sie noch bei verstand sind. jetzt sind sie grad mal nicht bei verstand, wie man schnell entdecken kann. p-c-z! codewort und reinigungswort, das gibt es nicht mehr. das wackelige s, das mich enthält, ist natürlich ebenfalls weg. gestrichen! nennt man nahezu alles, was in diese richtung geht. nein, heute bleibt es bei buchstaben, die einfach so sind, wie sie sind. nichts mehr hineinlesen, nichts mehr hinauslesen, einfach nur geradeaus.

nur noch einer bewegt sich wirklich in dieser stadt, nur einer hat dabei den stadtplan noch voll im kopf, von fotografischem gedächtnis spricht man deswegen nicht, aber in diese richtung geht es schon. jedenfalls hat man ihn losgeschickt, man muß ihn losgeschickt haben, denn er ist auf sendung: sieht man doch, wie der schon losgeht von der bp-tankstelle und unter den yorckbrücken durch. und da muß man erst mal durchkommen: an die dreißig stillgelegte eisenbahnbrücken, die über die yorckstraße führen, einen tunnel bilden, in dem es sich nicht selten staut. sie sind beschriftet mit weißer farbe: „martina, ich liebe dich for siempre“ – „boykottiert rinderzucht auf urwaldboden!“ – „felix teich gräber combo“ botschaften an den autoverkehr? – wer weiß? er scheint es zu wissen, er geht jedenfalls stur geradeaus die straße entlang.
denn nicht nur draußen yorckstraße, auch drinnen yorckstraße muß man haben, man muß auch immer wieder mal die richtung zu ändern wissen, in die das

ganze geht, man muß eben einen inlandsplan entwerfen, einen identitätsplan für sich und die welt.
er weiß aber noch viel mehr (jochen!)
er ist nicht nur (jochen!),
(jochen!)
hat zu tun. er steht jetzt einen augenblick an der kreuzung großbeerenstraße, starrt in die richtung, die es nicht gibt. er steht eine weile vor dem *wirtschaftswunder*, ein wenig vor dem *sufi-schawarma*-imbiß, der *bar centrale*, dem yorckkino. so ist das eben. während andere auf die sonystelle starren, sich kollhoffs steintapete durch ihren blick zieht, während sie auf die eben geschlüpften gebäude starren: wespen, hochleistungsinsekten, die sicher keinen unterschlupf gewähren, wie sie dann feststellen und architektonisch ganz anderer meinung sind, weiß er (jochen!): diese stadt ist auf sand gebaut. auf sand und wasser, und so, meint er, bricht alles ein, tiefgaragen, schächte, unterirdische bahnhöfe und häuser senken sich ab. ja, nicht nur risse quer durch den kontinent, auch durch diese stadt!

nur nürnberg, wo er herkommt, so weiß er zu berichten, ist unterhöhlt, in der reichsparteitagsstadt haben sie riesige schutzräume gebaut. und nicht umsonst. für die kunst im krieg. mit einem gewaltigen heizungssystem, damit sie erhalten bleibt. das gesunde korrektiv hat man damals eben schon eingebaut, das hält man auch heute noch ein. nur der genaue orts- und zeitpunkt ist den meisten dann nicht bekannt, kann auch nicht, denn das funktioniert heute alles total dezentral, in diesem tekkno-lookalike an stadt ist ja auch alles very new media!

und doch gibt es hier immer noch so live-performances in einem auto mit einem publikum, bestehend aus zwei personen auf der rückbank, die auch nur ihren spaß wollen, und deshalb, nachdem man schon einige zeit losgefahren war und noch immer nichts geschehen ist, nicht mehr zurechtkommen und unterschlupf suchen wollen in einer gebrauchsanweisung, doch: „quatscht nicht! lernt denken!“ wird ihnen dann bloß gesagt.
„aber wir sind doch stabiler mittelstand!“
fällt ihnen ein, doch das interessiert den fahrer nicht, und so entspinnt sich kein gespräch zwischen hinten und vorne, zwischen künstler und publikum, nein, das läßt nichts gutes ahnen. und richtig: „irgendwo in treptow sind wir dann stehengeblieben“, heißt es später meist in den akten, „jedenfalls jenseits von gut und böse, wir wurden nicht aufgehalten, wie man vermuten könnte, von der polizei, nein, wir wurden festgehalten von buchstäblicher armut.“ ja, gelandet war man letztendlich in einer ein-zimmer-wohnung, die gasrechnung ist noch nicht bezahlt, und das telefon geht auch schon nicht mehr. ja, davon weiß auch er zu berichten (jochen!), das passiert immer wieder, er selbst komme ja auch beim gelderleben nicht mehr recht von der stelle, dafür umso mehr rein körperlich, und das macht er sich seit jeher zunutze.

sicher, ganz große stücke auf die veränderbarkeit eines zustands halten, das hätte auch er unterschrieben, wenn er auch sonst nichts gerne unterschreibt. man möchte ja immer wieder lebendteile in sich bergen, lebendigface will man genannt, nicht bloß der laufbursche der ereignisse möchte man sein, auch ein wenig darüberstehen: mach ich doch nicht den systemlulatsch, immerplausibel, wohin man mich wendet, sagt sich ein jeder morgens ins gesicht: nicht immer randfigur sein, nein, auch einmal überflieger, geradeausmensch, ja, loszappeln als geradeausmensch, ab in die nächste u-bahn-station. dort wahrheiten verkünden, die keiner noch kennt: ich bin eine bombe, hat man früher dazu gesagt und etwas damit gemeint, doch heute sind die städte leer, in denen man zu explodieren gedenkt, niemanden trifft man mehr an, alles wie ausgefegt, weggepackt ins nächste jahrtausend, in andere geschwindigkeitsräume allemal.

jedenfalls keine radikalen gesten mehr verfügbar, zwar hochschwangere arme drohen jeden moment zu platzen, aber heraus kommen sie uns nicht, die ganzen aktionen, die man eben noch vorhatte – und alzheimer, parkinson und herzinsuffizienz heißen dann die karaoketode, denen man weiter entgegengeht. braves kopieren der krankheiten anderer, schwammiger, trostloser materialermüdungen, begibt man sich wieder hinein in die geordnete welt der tiere, in ihre langeweile, ihr monotones dasein, projiziert und dann frühabends ausgestrahlt in unsere wohnzimmer, solide animalität, die uns aus der bahn wirft – stumpfe verletzungen: wo fangen sie an?

ja, die stadt und ihre tangenten, meine persönliche geographie, gibts die? – besser nicht, hat er (jochen!) für sich beantwortet, zum amokläufer geboren ist man ja heute schnell, doch darüber hinauswachsen, wer tut das schon?

hochdruck/dreharbeiten

märkischer sand

, grün angerissene wiesen daneben, die hier als beispiel für figuren dienen sollen, die landschaft aber weiß von nichts, doch kurz angesprochen, wird sie schon rasch nachgeben. wie immer der horizont zuerst

ganz auf sparflamme der rest der gegend, nur das grinsen der bäume hier hält unverhältnismäßig lange an, und auch die flugzeuge darüber, wie sie die luft zerteilen in gut und böse, penible zeitzeugen, die im grunde nichts als ihre ruhe haben wollen, die im grunde nichts ändern an der tatsache

auch sind die büsche hier keine idioten, sie bleiben, wo sie sind, und doch rücken sie in gefährliche nähe zur luftlinie, wo es aber ums weiterkommen geht, besteht kein grund zum zögern, besteht kein grund

auch sind die büsche keine idioten und zögern nicht, das alles zu unterschreiben, man kann ihnen ja nichts so leicht nachsagen, aber

der horizont war wohl zu verwickelt fürs geschehen, so hat man ihn gleich aus dem verkehr gezogen, auch das wetter wurde hochkant rausgeworfen, und bald folgt noch der ganze himmel nach – von freier fläche aber ist nicht viel zu spüren, allein die luft fährt jeden augenblick fort, allein die luft und mischt sicher bald die sonne wieder mit, noch immer ist sie uns um längen voraus, doch selbst wir sind aus dem klebstoffalter längst heraußen, der einstieg in die nahrungskette fiel ja nicht weiter ins gewicht, trotzdem ist er mitzuzählen

niederschöneweide

ja, der weg zum begossenen pudel ist heutzutage nicht mehr weit, er wird auch immer durchgehalten im dichter werdenden verkehr gegen 17 uhr sind die wohnungen selbst hier nicht von der hand zu weisen, doch tut man nichts anderes –
da gilt es, die häuserzeilen schneller zu stellen, denn aus häusern werden schließlich menschen und aus menschen das vorübergehen, doch ist hier kein richtungswechsel hinsichtlich der häuser möglich, die sind in ihren fenstern nicht verschwunden, eher schon im lauf der zeit –

ist der nachmittag kein rechtes zugpferd mehr, ist eben auf sand gesetzt, die landschaft, bricht nicht gerade in bestzeiten auf, ist eben auf sand gesetzt, sagt man, selbst botenstoffe bleiben stehen in der luft geht nichts weiter, was die übertragungsrate betrifft, sagt man: plattenbau, wo sonst nichts wächst.
dabei ist hier längst westen, und bushaltestelle um bushaltestelle der privatblick der menschen geht auf nummer sicher, im prinzip die ganze laufkundschaft, die die gegend hergibt, oder doch osten, wo sich so manches zweiteilt, wo im kreuzworträtsel steckenbleibt der rest –

jedenfalls materialermüdung durch und durch, überall bleibt etwas kleben, hörreste, sehreste, man muß eben zusehen, daß man weiterkommt, man muß zusehen, daß man fortfährt,

denn jetzt ist glatt eine fensterscheibe zerbrochen wie ein mensch, und wird stolpern drüber das gras in jahreszeiten, der rest der pflanzen aber hat alle hände voll zu tun, oder wird man wieder beobachten können, wie gänseblümchen aus der haut fahren, oder wird man

AEG: schnellerstraße – adlergestell

, nur einen steinwurf davon entfernt schon das kaufhaus zögert nicht, einen schritt weiterzugehen, kleine gesten auch von seiten des parkhauses, das macht stufenlos liebe mit der welt und läßt nichts übrig für den rest der gegend, „doch man ist ja kein sportplatz, der still stehen bleibt, wenn es nottut."
„aus nichts kommt aber nichts", nur der himmel im blindflug, und wie 1 schlaftablette verhält sich der mensch zur landschaft, das hat man schon oft feststellen können: für die talfahrt der gegend verantwortlich, ist von dieser seite nichts zu erhoffen, da wäre so mancher zebrastreifen beim namen zu nennen!
doch so leicht rutscht die sonne schon nicht aus, nein, nein, nur der lange samstag fickt sich ins knie, telefonzellen nehmen dabei langsam, aber sicher überhand, auch nichts zu machen gegen die glasscheiben, die setzen an, wo sie nur können, sie setzen durch –

ja, glasscheiben setzen langsam flächen durch, und schon haben sie es beisammen, das schlüsselkind, das die straße hochgeht in erwartung von fotografie und verbrechen. es hält das hier für eine anstalt, die man überwinden kann, mit hocherhobenen händen kommt es jetzt wieder heraus aus dem gebäude, doch noch immer niemand da, der sich einmischt, im gegenteil: vor ihm die straße: kinder spielen eisenbahn, kann es sonst immer sehen, kinder spielen atombombe, sieht es dann, kinder spielen minutendickes schweigen, doch heute alles nicht.

so wird es eben wieder zum zwerg, wie oft muß man den falten, um auf den punkt zu kommen, wie oft kann man den zweiteilen, bis nichts mehr geht, bis nichts mehr herauskommt –

doch ganz kapsel ist der mensch, nicht eingerichtet für die durchfahrt, nicht eingerichtet für zusammenfallen auf einen fleck, mehr so zur ständigen ausdehnung berufen, bleibt also nur noch die fallrichtung: von unten fällt man beispielsweise nicht, man spaltet sich, pflanzen schießen durch einen durch (homo clausus), von oben kommt der himmel auf einen zu, schon wächst er zusammen, es bleiben kaum noch löcher zum atmen, kaum schlupflöcher,

bemerkt es, duckt sich,
schießt durch

doch auch mit luftlinien ist nicht viel auszurichten, stellt es fest, starrt dann entgeistert auf die uhr und entnimmt ihr die zeit, genauso machen es die glasscheiben und fallen um, rohes fleisch im kopf haben die kinder, nichts anderes mehr. aber was lebt, trägt eben dick auf – und danach? bleibt ein rest vervielfachung?
man geht aber anderen fragen nach – die frage nach (luft in verkehrsampeln, bleibt luft, dicke luft?)

danach: direkttiere von links nach rechts tauchen auf, gehen rasch vorüber, das ist die dämmerung, hustling around, „das sind wir“ – „aber nein!“
„ja, ja, immer hübsch auf die seite gedrängt.“ – „psssssssst!“
schwillt alles an, geht vorüber –
und wie einem das gesicht wird zum gewicht, und die mitte sieht man nicht: „die mitte trifft man nie bei den tieren, das geht immer daneben.“
peinliche stille kann unter ihnen jedenfalls nicht so schnell entstehen, sie stehen nicht so herum, sie gehen immer weiter, sie sind angestellt bei sich selbst. „nur bei uns braucht das training.“

und nachher: bleibt es dabei, optisch wie immer, privatgrün, stellenweise garageneinfahrten, nicht nachzuahmen, vatertag! und wir: gelber blühen, das muß doch zu schaffen sein. „schnell, bevor der regen?“ – „aber hallo!“ selber blühen: tiere im teppich gesehen, musterbeispiele. mikrokosmos, „sternhagelvoll“. – „muß doch zu schaffen sein.“

und schon wird alles übrige zur nächsten nähe, verletzt die übersicht, aber gibt anlaß zur hoffnung. schließlich fühlt man sich im taschenrechner nicht gerade zuhause, so lebt jeder in seinem tier, nicht schwindelfrei ist man dabei. eine bodenlänge hat aber schnell alles erreicht, schlußendlich die sonne, sickert durch in kleinen schüben,

und wie immer der horizont hat zwei seiten, schleift sich zuletzt ein, „na also“, hat durchschlagende wirkung gehabt, „na also“.

hat jetzt das wohnzimmer drastisch zugenommen wie nichts sonst in diesen tagen nimmt alles vorhangstellung ein, dazu kaffee gereicht, als ob er noch stürmen könnte, „total in sich verdrehte wellensittiche schon gesehen, blutjunge!“
doch niemand will was wissen, aber das ist die dicke luft, an die hält man sich seit geraumer zeit, arbeitsam nennt man das hier: doch was man tagaus tagein für einen bürotisch gehalten, stellte sich nachher als keiner heraus, auch jetzt hat sie wieder einmal das kleingedruckte vor augen: wie hat man das bloß übersehen können?

plötzlich kaltgestellt in einer gegenwart, bleibt auch er eine weile sitzen mit so einem radiogedanken aus dem nebenzimmer: „niemand steckt in seinem taschentuch auf dauer, niemand geht so leicht beim zähneputzen verloren“ – „bei mir kommt auch ganz schön viel raus, was knochenarbeit betrifft“, flüstert er die antwort, denn eine kontonummer geht nie gut aus hierzulande, wurde er eben informiert.

nur das abenteuer forschung hält den daumen raus, will weiterfahren, will weiter. das sind hier die kinder am klo: wippen mit, wippen bei allem mit, was ihnen nahekommt. aber noch immer kein hochgebirge in sicht, „das machen wir schon.“ glatzen auf den augen entstehen schnell, nur nicht hudeln, sagt er, immer schön langsam –

im grunde aber hat sich das hochdruckgebiet längst verschoben, hat sich verschoben das bundesgebiet ist jetzt wieder frei, wird behauptet, ist jetzt mit allem zu rechnen in der größenordnung einer himmelsrichtung, „darunter fangen wir nicht an!"

Inhalt

Kathrin Röggla
Abrauschen
Roman

Band 15041

Abrauschen – das bezeichnet ein Fluchtmoment. Doch ist wirklich noch ein Entkommen möglich aus Berlin-Neukölln, erwischt einen die Vergangenheit immer kalt im Rücken, oder wie entkommt man ihr in einer Welt, die nicht nur kopfsteht, sondern auch rückwärts geht? Mit der Wiederholung der Gegenwart? Und wie zum Teufel ist aus einer Wohnung Geld rauszuschlagen?

Kathrin Röggla verschiebt in ihrem ersten Roman gekonnt Erzählstränge ineinander, überdreht Figuren, bis sie comichafte Züge annehmen, und kommentiert, lustvoll und scharf, Gesellschafts- und Gemütslagen in einem quirligen Fluß souveräner Bildabfolgen. Selten wurde das Lebensgefühl einer Generation so treffsicher auf einen Punkt gebracht.

»Ein unentwegtes Crossover von Slang, Straßenstimmen, Wortspielen und Poesie. Die Sprache von ›Abrauschen‹ ist schnell und gelenkig, beweglich genug, um die irrwitzig dahin- und durcheinanderschießenden Phänomene dieser 90er-Jahre-Welt einzufangen.«
Uwe Pralle, Frankfurter Rundschau

Fischer Taschenbuch Verlag

fi 15041 / 1

Klaus Böldl

Studie in Kristallbildung

Roman

Band 2389

Johannes Grahn flieht vor seiner Vergangenheit nach Ostgrönland und arbeitet dort als Hotelchauffeur. Als ein Gast aus Österreich in dem Hotel absteigt, stellt sich heraus, daß beide eine gemeinsame Bekannte hatten: eine junge Frau, die, kurz nachdem sie mit Grahn eine Affäre hatte, bei einem Unfall umkam. Wenig später stirbt ein Eskimomädchen – wieder war Grahn in der Nähe des Unfallorts.

»Klaus Böldls erster Roman überzeugt durch seine glasklare, geschliffene Sprache und mit Aperçus, die glitzern und funkeln wie die Eiskristalle der Geschichte selbst. *Studie in Kristallbildung* ist das außergewöhnliche Debüt eines versierten Erzählers.«

Michael Bauer, *Süddeutsche Zeitung*

»...ein genauer Beobachter, ein großer Komiker, eine große Begabung.«

Hellmut Karasek im *Literarischen Quartett*

Fischer Taschenbuch Verlag

fi 1600 / 7

Thomas Brussig

Helden wie wir

Roman

Band 13331

Die deutsche Geschichte muss umgeschrieben werden: Klaus Uhltzscht war es, der die Berliner Mauer zum Einsturz gebracht hat! Dabei ist Klaus eigentlich ein Versager par exellence. Als Sohn eines Stasi-Spitzels und einer Hygieneinspektorin wächst er zwischen Jogginghosen und Dr. Schnabels Aufklärungsbuch auf, bleibt im Sportunterricht auf ewig ein Flachschwimmer. Auch sein großer Traum, als Topagent bei der Stasi zu arbeiten, erfüllt sich leider nicht.

Dafür aber wird er, der inzwischen eine Perversionskartei erfunden hat, zum persönlichen Blutspender Erich Honeckers. Jetzt, da auch noch die Mauer durch – man höre und staune – seinen Penis fiel, packt Klaus aus und erzählt von seinem ruhmreichen Leben. Keiner hat bislang frecher und unverkrampfter den kleinbürgerlichen Mief des Ostens gelüftet als Brussig. Ein Lesevergnügen allererster Ordnung!

Fischer Taschenbuch Verlag

fi 13331 / 1

Josef Haslinger

Der Tod des Kleinhäuslers Ignaz Hajek
Die mittleren Jahre

Zwei Novellen

Band 12917

Josef Haslinger wagt sich in seinen beiden Novellen an die großen Themen des Menschseins heran: an Liebe und Tod, Hoffnung und Niederlage, Schuld und Angst. Erzählt wird die ergreifende Geschichte des Kleinhäuslers Ignaz Hajek, der durch Verzicht und Entbehrungen eine alte (Liebes-) Schuld abgetragen hat, sowie seines Sohnes Josef, dem sich in der Konfrontation mit der wahren Herkunft die Chance eines Neuanfangs auftut. Erzählt wird außerdem die Geschichte des Bauern Gruber, der nach einem mühseligen Leben knapp fünfzigjährig an Krebs stirbt. In einer leisen, scheinbar kunstlosen Sprache gelingen Josef Haslinger Biographien und Milieuschilderungen, die sich tief ins Bewußtsein graben.

Fischer Taschenbuch Verlag

fi 1814 / 3

Josef Haslinger

Das Vaterspiel

Roman

576 Seiten. Geb.

Rupert Kramer, genannt Ratz, ist der Sohn eines österreichischen Ministers. Er ist 35 Jahre alt und das, was man einen Versager nennt. Nächtelang sitzt Ratz vor dem Computer, um ein abstruses Vatervernichtungsspiel zu entwickeln. Er hasst seinen korrupten sozialdemokratischen Vater, der seine Familie wegen einer jungen Frau verlassen hat.
Im November 1999 erhält Ratz einen geheimnisvollen Anruf von Mimi, seiner Jugendliebe. Ratz fliegt nach New York, ohne zu wissen, was ihn erwartet. Bald ist klar: Er soll helfen, das Versteck von Mimis Großonkel auszubauen, einem alten Nazi, der an der Hinrichtung litauischer Juden beteiligt war. Seit 32 Jahren verbirgt er sich im Keller eines Hauses auf Long Island. Dort kommt es zu einer unheimlichen Begegnung mit dem verwahrlosten Mann.
Bestechend genau beleuchtet Haslinger die Verwerfungen des vergangenen Jahrhunderts und macht eindringlich spürbar, dass man der Geschichte nicht entkommen kann.

S. Fischer

fi 200 / 1

Neu im Residenz Verlag

Petra Nagenkögel

Dahinter der Osten

Roman

Eine junge Frau kehrt zurück in ihre Heimatstadt, auf der Suche nach den Bruchstücken ihrer Vergangenheit, nach einer Sprache für eine Geschichte von Gewalt und Verdrängung.